連続テレビ小説

スカーレット

上

作　水橋文美江

ノベライズ　水田静子

ブックマン社

連続テレビ小説

スカーレット

〔上〕

スカーレット　上巻　目次

登場人物紹介

〔　〕内は出演者名

川原《かわはら》 喜美子《きみこ》〔戸田 恵梨香〕

昭和12年大阪生まれ。三人姉妹の長女で、9歳のときに家族と共に滋賀県、信楽に移り住む。元気でお転婆、明るく楽天家。家族を支えるために一生懸命奮闘する働き者。戦後の混乱のただ中にある大阪に出稼ぎに出たのち、焼き物の里、信楽に戻り、男性ばかりの陶芸の世界に飛び込んでいく。

川原《かわはら》 常治《じょうじ》〔北村 一輝〕

喜美子の父。大阪出身。両親はすでに他界し、兄弟も戦争で失っている。戦前からいろいろな商売に手を出してきたが、すぐに見栄を張って酒を振る舞う癖と、困った人を見捨てておけない人のよさで、金がまったく身につかない。昭和22年に、借金から逃れるために戦友を頼って一家で信楽に移り住む。

川原《かわはら》 マツ〔富田 靖子〕

大阪出身、大地主の娘。商売で実家に出入りしていた常治と駆け落ち同然で結婚、3人の娘をもうける。穏やかでおっとりとしていて、いつもニコニコ。破天荒な常治に文句も言わずについてくる。

川原《かわはら》 直子《なおこ》〔桜庭 ななみ〕

喜美子の妹、川原家の次女。3歳のときに、空襲から逃げる際に一人取り残された記憶がトラウマになっている。わがままで自由奔放。信楽を早々に飛び出してしまうが、反抗心と裏腹に甘えん坊な一面もある。

川原《かわはら》 百合子《ゆりこ》〔福田 麻由子〕

喜美子の妹、川原家の三女。信楽に移り住んだときにはまだ赤ちゃんで、根っからの信楽育ち。母親の穏やかでやさしい性格を受け継ぎ、信楽に長く住んで喜美子に寄り添い、相談相手となる。

大野《おおの》 忠信《ただのぶ》〔マギー〕

信楽生まれ。商店街で大野雑貨店を営む。戦争中に命を助けてもらった恩を常治に感じていて、川原一家の信楽への移住を助ける。

大野《おおの》 陽子《ようこ》〔財前 直見〕

忠信の妻。大野雑貨店を切り盛りする。祖母の住まいだった空き家を川原家に提供し、マツのよき相談相手になる。

大野《おおの》 信作《しんさく》〔林 遣都〕

大野雑貨店の一人息子。喜美子の同級生。喜美子とは正反対に、おっとりしていて気が弱く、引っ込み思案だったが、喜美子が大阪から戻ると、思いがけない変貌を遂げている。

草間《くさま》 宗一郎《そういちろう》〔佐藤 隆太〕

常治がふとしたことから信楽に連れてきた旅人。戦争中は満州で働いていて、帰国後に行方不明になった妻を捜している。川原家に居候しながら、信楽の子どもたちに柔道を指南。折に触れて喜美子の前に現れて、新たな道を選ぶきっかけを作る。

熊谷《くまがい》 照子《てるこ》 〔大島 優子〕

喜美子や信作の同級生。信楽で一番大きな窯元「丸熊陶業」のお嬢様。プライドが高く勝気な性格。喜美子とは仲よくしたり喧嘩したり、不思議な関係を築く。兄が戦死したため、婿をもらって家業を継ぐと決まっている。

熊谷《くまがい》 秀男《ひでお》 〔阪田 マサノブ〕

丸熊陶業の社長、照子の父。大きな窯元の社長として、人材や給金のことで常に悩むが、生来の明るい気質で会社を守っている。長男を戦争で亡くし、照子の婿に会社の将来を任せることになるが、なかなか社長の地位を捨てられない。

慶乃川《よしのかわ》 善《ぜん》 〔村上 ショージ〕

丸熊陶業で働く陶工。村はずれに一人で住む。信楽の山の中で土を掘っていて、偶然喜美子と出会う。貴美子の陶芸への興味を最初に沸き立たせてくれた。

荒木《あらき》 さだ 〔羽野 晶紀〕

女性の下着を扱う荒木商事の社長。常治の必死の願いで、喜美子が大阪に出稼ぎに出る際に世話をする。

大久保《おおくぼ》 のぶ子 〔三林 京子〕

さだが喜美子に紹介した働き口「荒木荘」の女中。若い喜美子に女中の基礎を厳しく叩き込む反面、静かに見守ってくれる。

庵堂《あんどう》 ちや子 〔水野 美紀〕

大阪で喜美子が働くことになった荒木荘の住人。「デイリー大阪」の新聞記者。大雑把で身の回りのことを気にしない性格だが、仕事には熱心。女性が職業を持って活躍することに対して喜美子に大きな影響を与え、逆に喜美子に触発されて新たな道を見つけていく。

酒田《さかた》 圭介《けいすけ》 〔溝端 淳平〕

荒木荘の住人。医学生。育ちがよく真面目な青年。一生懸命働く喜美子にやさしく、喜美子の兄的な存在になっていく。喜美子にとって初めての、気になる男性…？

田中《たなか》 雄太郎《ゆうたろう》 〔木本 武宏〕

荒木荘のもう一人の住人。何をして生計を立てているのかわからない不思議な青年。元市役所勤めだという噂だが、半分引きこもりの状態。

深野《ふかの》 心仙《しんせん》 〔イッセー尾形〕

丸熊陶業に新たにやってきた絵付師。かつては日本画の巨匠で、今は丸熊の火鉢に絵を描いている。作業場では鋭い目線をしているが、陽気で愉快なおっさん風の一面も。通称フカ先生。

十代田《そよだ》 八郎《はちろう》 〔松下 洸平〕

大阪出身。京都の美術大学で陶芸の奥深さを知り、丸熊陶業に新たにやってきた社員の一人。大野信作と友情関係を結ぶ。喜美子に陶芸を教え、かけがえのない存在になっていく。

プロローグ

スカーレット……緋色《ひいろ》、それは、火の色。また、平安時代には、思いを思ひと書いたことから、「思ひの色」という意味もありました。滋賀県・信楽《しがらき》の陶器は、鉄分の少ない土を焼成することで、この美しい緋色（火色）が発色されることがあります。この物語は、戦後、多くの困難を乗り越えながら信楽焼の世界で緋色を追い求め、炎のように熱く人生を生き抜く女性陶芸家のお話です。

第一章　川原喜美子、信楽に越して来ました

昭和二十年。長く苦しかった戦争が終わった。それから一年八カ月が経った春。

川原喜美子は妹の直子の手を握って、もう長い時間、山道を歩いていた。喜美子九歳、妹の直子はまだ五歳。本当は今にも倒れそうなほど空腹で、足の感覚もなくなっていた。それでも喜美子はお姉ちゃんだから、倒れるわけにはいかない。絶対に、倒れてはならないのだ。そう思って直子の手をぎゅっと強く握り直した。直子もその手を、汗が滲《にじ》んだ小さな手できゅっと握り返してきた。歩けば歩くほど、山の木々は鬱蒼《うっそう》としていく気がした。シガラキに引越す……父の常治にそう言われても、初めて聞く名前だし、どこにあるのかもわからなかった。

木々の新芽が出始めた山道を、わずかな家財を積んだリヤカーを引いて、家族は必死に歩いていた。リヤカーを引いているのは、常治だ。カーキ色のくたびれた作業服の背中には汗が滲み出ている。だけどその表情は、なんだか希望に満ちている。かたわらを歩くのは、母親のマツである。おんぶひもで一歳の赤子、百合子を背負ったマツは時折息を切らしながら、首に巻いた洗いざらしの手拭いで、何度も顔の汗を拭いた。

「ねえ、まだ着かんの？」

直子の手を引いて先頭を歩くおかっぱ頭の喜美子が、振り向きながら常治に訊《き》いた。

「あとちょっとや。十時間ぐらいや。すぐやな」

「あと十時間も！　すぐちゃうわっ！」

喜美子が頬をふくらませてそう言うと、直子が大声を上げてぺたりと地面に座り込む。

「いややあ、もう、そんな歩かれへん。いややあ」

無理もない、大人さえきつい山越えなのだ。大阪の家を出てから、休み休みとはいえ、もう二日が過ぎていた。


戦争中、空襲で何もかもを失った川原常治は、復興のきざしの中で新しい商売を始めて大阪でのし上がろうとしたが失敗。多額の借金を背負ったまま、夜逃げ同然に都会をあとにしたのだった。

「頑張りや」

マツが直子に声をかけ、喜美子はぐいと前を向いて直子の手を引っ張った。

「見えるで、もうじき。休憩や」

常治がそう言って、大きく道を曲がった先、木々の合間から眩しい青が家族の視界一面に広がった。喜美子は目を見開いた。

海や！　キラキラと光を浴びた水面の美しさに、疲れを忘れて家族は歓声を上げた。リヤカーを置くと、砂浜をめがけて真っ先に駆け出したのは常治であった。海や、海やあ！とまるで子どものように飛び跳ねながら向かって行く。海や！　海や！　喜美子も直子もそれに続き、マツは百合子を抱きかかえると、木陰を捜して木の根っこに座り、はしゃぐ家族の様子を目を細めて眺めた。喜美子は母が作ってくれた足袋を脱ぎ捨てると、じゃぶじゃぶと水の中に入った。

「喜美子、ここ、海ちゃうで」

「えッ、お父ちゃん、今、海言うたやん」。喜美子はけげんな顔をする。

「湖や」

「みずうみ？　こないおっきな？」

「琵琶湖《びわこ》いうんや。日本一の湖や。よう見とけ、こっちの心まで大きいなるで！」

日本一の湖かあ。喜美子は果てしなく続く湖面を見渡して、大きく伸びをした。春の風が吹き渡っていった。

「ええとこやなあ、気に入ったわ」

おっぱいをあげていたマツは、目をキラキラさせて戻ってきた三人に言った。

「そうやろ、目指すはもっと山ん中や。タヌキが目印や」

「タヌキ？　なんやそれ」。喜美子は父の顔を見上げた。

再び山道を歩き出した家族は、ようやく峠に辿《たど》り着いた。急に視界が開けて、町が一望できる。緑濃い山々に囲まれた自然豊かな美しい町だった。方々から煙が立ち上っている。なんだろう、と喜美子は思った。煙は、あちこちの登り窯《がま》から上がっていた。ここが滋賀県の最南端、甲賀郡に位置する、焼き物で有名な信楽であった。家族は、村を目指してゆっくりと山道を下っていった。裾野に近づくと道のあちこちには、無造作に火鉢が積まれている。今まで見たことのない景色であり、匂いであった。歩いている途中で、喜美子は道の端にキラリと光るものを見つけた。茶碗のかけらのようなものがいくつか落ちている。そのひとつを拾い上げて手のひらに置いた。きれいや！　美しい紅の色だった。思わず見とれた。

「はよ、行くで！」とうながされて、喜美子はそのかけらを、もそもそとズボンのポケットに入れると慌てて駆け出した。それが、長じて日本で初めての女性陶芸家となった川原喜美子と、信楽焼との出会いだった。

「班長どの！　お迎えに来ました」。一人の男が大声で駆け寄って来た。

川原家の五人は、町に入る手前、〈タヌキの道〉と呼ばれる通りで、目印だと言われた大きなタヌキの焼き物の前で待っていた。貧乏徳利と大福帳をぶらさげ、笠を被ったタヌキの焼き物は、江戸時代から縁起物として庶民に愛されており、信楽焼を代表する名産でもあった。

「おお！　班長どのはやめやめ、もう戦争中ちゃうで。ジョーでええ言うたん」

「ジョ、ジョーさん」

常治はその男とヒッシと抱き合って、背中を叩いて懐かしいなあと言い合い、笑い合った。男は大野といった。戦時中、常治と同じ軍隊にいた、文字通りの戦友である。大野は常治の班の兵隊だった。戦いの激しくなった南方の島で、負傷した大野を常治は背負い、何十キロものジャングルの道を歩いて助けたことがあった。マツはその話を、のちに大野の妻から聞くことになる。終戦後、なんとか日本へと帰還した二人は、その後、離ればなれとなったが、大野は故郷の信楽に戻り、雑貨屋を営みながら、いつの日かきっと常治に恩返しをしたいと思い続けていた。そして、商売に失敗して困窮していた常治から相談を受けたとき、「喜んでお世話させてください！」と、信楽の町で働き口を見つけてくれたのだった。

「ほんま、よう頼って来てくれましたのう。運送の仕事の段取りもつけてありまっさけ」

「悪いなあ。……マツ、この人が大野さんや」

「初めまして。マツいいます。ほんまにお世話になります。こちらが喜美子と直子、背中におりますのが百合子です」。恐縮しながら、マツは言った。喜美子と直子もこんにちはァと無邪気に言いながら、ぺこりと頭をさげた。

「いい娘さんたちやなあ。ほな、ジョーさん、家に案内しますで」


大野について行った先には、平屋の古い一軒家があった。

水道がなく、水は井戸から汲《く》まねばならず、電気も来ていないので、ランプで暮らさねばならなかったが、雨風を凌《しの》ぐには十分である。風呂は、大野の家でもらい湯をすることになっていた。玄関には大野の妻、陽子が、もんぺに白い割烹着姿で満面の笑顔で待っていた。初対面とは思えないほど、気さくに話しかけてくれる。

「よう来られました。お腹すきましたやろ。塩むすびと、漬けもん用意してありますけ」

「ほんまに何から何まですみません、ありがとうございます」

ホッとしたようにマツが頭を下げた。

「わあ、全部、お米や！」「ほんまや、お米やっ、真っ白や！」。丸い卓袱台《ちゃぶだい》に用意されたつややかなおむすびを見て、喜美子と直子が歓声を上げた。真っ白いごはんを見るのは、いつぶりだろう。急に喜美子は空腹を思い出した。陽子は直子の頭を撫《な》でながら、「ささ、二人とも遠慮せんと食べやいさ」と勧めてくれる。しかし、マツはそれを許さない。

「まだまだ。まずは掃除を済ませてから、いただきます。喜美子は掃き掃除や」

マツは喜美子に末娘をおぶわせて、自分はさっそく井戸でバケツに水を汲み、雑巾《ぞうきん》がけを、常治は鉢巻をして煤《すす》払いを始めた。渋々と喜美子も玄関を掃き始めたとき、ひょっこり坊主頭の男の子が顔をのぞかせた。大野家の息子、信作である。喜美子とは同じ年で、同級生になる少年だった。喜美子は元気に挨拶をする。

「よっ！　今日からここに越してきた、川原喜美子いう」

あまりに堂々とした喜美子の態度に、少年は後ずさった。そこに通りがかったのが、喜美子らより二歳上の黒岩次郎と仲間の悪ガキたちである。

「誰や、お前。あ、クッサ！」

「ん?」。喜美子もその臭いに気がつく。おんぶしていた百合子が、催《もよお》していた。それを見ていた悪ガキどもが一斉に囃《はや》し立てる。

「クッサ！　クソしとるーっ、クソッたれー！　クソッたれーっ！」

「なんや、あんたら！」。カッとなった喜美子は、背中の百合子を母に預けると、箒《ほうき》を持って、脱兎《だっと》のごとく逃げ出した次郎を追いかけた。喜美子は、運動神経がよかった。

「ただいま」……しばらくして憮然《ぶぜん》として戻ってきた喜美子の顔には、すり傷があった。驚いた常治は、喜美子の話を聞くや否や、引越してきたばかりの我が娘がいじめられたことに腹を立て、これまた韋駄天《いだてん》のごとく走り出して行った。

だがしばらくして、しょげた様子で帰って来た。聞けば、次郎の家を探し当てて怒鳴り込んだものの、次郎の顔のほうが喜美子よりも傷だらけで、憮然としたその親に、ボロボ口になった箒を返されたのだという。

「引越し早々、男とやり合う女《おなご》がおるか！　ええか、二度と喧嘩はあかん。禁止や！　何言われても、何されても、黙って耐えとけーッ」

「そんなん……」

「口答えすんなっ！」

なんで？　なんで女だからといって、耐えなきゃあかんのや！　喉まで出かかったその言葉を喜美子は呑《の》み込んだ。

その夜。ぐったりと疲れていたものの、初めての家でなかなか寝つけないでいた喜美子は、隣で寝ている直子を起こさないようそっとランプを灯し、昔、母のマツに買ってもらった花の絵の画集を取り出して眺めた。もう何度も開いてすりきれそうになっている。きれいな花の絵を見るとほっとする。喜美子はそれを見ながら、野山に花が咲いているのを想像するのが好きだった。しばらくして、常治が襖《ふすま》を開けた。

「寝られんのか。油がもったいないから消せ。そんかわり縁側出ろや。月がきれいやで」

「月？　お父ちゃんでもそんなこと言うんやな」

「なんや、その言い草は。父ちゃんかて月ぐらい見るわ」

縁側から見上げた月は、本当に見事な美しい満月だった。まるで自分たち家族を歓迎してくれているかのようだ。歩きに歩いて、ずいぶん遠くまで来てしまい不安だったが、信楽は案外いいところかもしれないと喜美子は考えていた。そのとき、寝ていたはずの直子の泣き声が聞こえた。声は次第に大きくなり、泣きじゃくっている。うっ、ううっ……。

喜美子は急いで戻ると、「大丈夫や、大丈夫や」と安心させるように、頭を撫でた。新しい住まいに、直子も緊張しているのだろう。布団の中で赤子のように丸まっていた。

「あんとき……うっ、うっ」。直子が、何を言わんとしているかは痛いほどわかる。

「ごめんなァ、堪忍《かんにん》なァ」

あのとき、空襲警報が響き渡り、皆が必死で防空壕《ぼうくうごう》に駆け込もうとしていた。大阪の空が真っ赤に燃え上がっていた。防空頭巾を被った喜美子は直子の手を握って走った。何があっても手を離してはいけない。しかし押し寄せる人波に押され続けバランスを失い、喜美子はついに手を離してしまったのだ。

「お姉ちゃんっ！　お姉ちゃんっ！」

直子の叫び声が聞こえた。しまった、と思ったときにはもうその手は側にはなかった。あれよあれよと見知らぬ人々の波に呑まれて遠くなっていく直子。しかし誰もが自分のことに必死で、身動きが取れない。幼な心にどれほど怖かっただろうか。戦争が終わっても、その恐怖はなかなか消えることがなく、こうして夜になると時折、直子は泣いた。

「手、離したん誰や……」

ごめんと呟いて、喜美子は、ゆっくりと妹の背中をさすり続けた。どうして人は、楽しい思い出だけで生きていけんのやろう。ときどき喜美子はそんなことを考える。少しずつ直子が落ち着いてくると縁側に手を引いて誘った。赤ん坊を寝かしつけたマツも部屋から出てきた。「きれいな月やのう」と常治が言い、マツもそれに頷《うなず》いた。

信楽で初めて見る月夜の縁側に、健気に寄り添う一家の影があった。


喜美子は、村の信楽山小学校に転校した。

「川原さんは、大阪いうおっきな町から来はったんです」

最初の国語の時間、担任の望月先生から紹介を受けると、おおっとざわめきが起きた。羨望《せんぼう》のまなざしを感じた。

「ほしたら、さっそく教科書、読んでもらおうかしら」

「読めません」。喜美子がけろりと答えたので、教室がまたどよめき、さっきまで確かにあった羨望のまなざしが消えた。喜美子はこれまでずっと、家の手伝いや妹たちの世話に忙しかったせいで、ちゃんと勉強をしておらず、読み書きがあまりできなかったのである。

「川原さん、漢字が読めへんの?」と先生は少し焦ったように、黒板に書いてあった文字を指した。風、校門、夜明け、中庭……「はい、わかりません!」。屈託なく喜美子は答えた。恥ずかしくなんか、ない。わからないものは仕方ない。

下校時、教科書を風呂敷にくるんで、母が厚い布で縫ってくれたリュックサックに入れようとしていたところへ、同級生の女の子がやって来た。やけに可愛いりぼんのついたブラウスと、喜美子が手にとったこともないような裾の広がったスカートを穿《は》いていた。好奇心いっぱいの黒目がちな瞳で喜美子をじろじろと見つめる。

「まさか読み書きができへんなんて。黒岩くんがやられた言うてたさけ、いかつい女が来るんやろ思うてたら、こんなかわいそうで、アホな子やったなんて……」

「誰がアホな子や」

「かわいそうやから、お友だちになってあげてもええよ。よそもんにはやさしくしいや言われてんねん。うち、窯元の娘やから」

「かまもと?」

「窯元、知らんの? 丸熊陶業《まくるまとうぎょう》やで。信楽ではいちばんおっきいんや。焼き物を焚き上げる窯をぎょうさん持ってるんや。そやさかい、お友だちになってあげるわ。わたし、熊谷照子」

「忙しさかい、友だちおっても遊ばれへん。いらんわ!」

意地を張ったわけではなく、それが喜美子の本音である。今日も、帰ってすぐ家事を手伝わなければならない。母親のマツは百合子を出産後、産後の肥立ちが悪く寝込んで以来、体調が優れない日が続いている。引越し疲れもまだ取れてはいないようだ。だから喜美子が百合子のおシメの世話をはじめ、家事のほとんどをやる。帰ったらすぐに井戸から水を汲み、盥《たらい》で洗濯。洗濯物を干したら、夕ごはんの支度だ。薪《たきぎ》をくべて鍋で米を炊くのだ。そしてぬか床の手入れ。しかし米櫃《こめびつ》にはもう、配給米がほとんど残っていないことを思い出した。

お父ちゃんが今朝、お母ちゃんの着物を持って大阪まで売りに行くって出かけたけれど、売れたんやろか……喜美子はくるっと身を翻《ひるがえ》すと、急いで下駄箱に向かった。

校門の外に走り出して、タヌキの道に出ると次郎が待ち伏せしていた。越して来たその日に、喜美子が追っかけまわした男子である。

「今日は、油断しいへんでェ」と言いながら次郎が腕まくりをする。

喜美子は睨《にら》みつけたが、喧嘩は禁止と言った父を思い出した。悔しかったが、堪えるしかないのだろうか……次郎と一触即発のそのとき、喜美子の視界に何かが飛び込んだ。

「あっ、タヌキや！」。次郎の向こう、タヌキがいるのが目に入ったのだ。次郎も慌てる。

「えっ。なんや？　タヌキなんておらんやないかっ、化かされたんやないんか」

「ホンマもんや！」

喜美子はもう、タヌキを追いかけて走っていた。しかし、姿を見失った。そうこうするうちに、いつのまにか山道に入り込んで迷ってしまっていたようだ。迷いながら歩き続けると、山の斜面を削り取ったような土だらけの土地に出た。あ、タヌキがいた……と思いきや、男が一人、せっせと土を掘っている。何をしているのだろう？　好奇心の強い喜美子は近づいてしばらく眺めていた。男のズボンは土まみれだった。気づいた男はゆっくり首を回し、おまえは誰や、と呟いた。

「おじさんこそ誰や。何しとるん？」

「俺は、慶乃川《よしのがわ》つうもんや。陶工や」

「とうこうって？　何する人？」

「陶芸家よ。芸術家と呼ぶ人もいる」。ふふん、と男は鼻を鳴らした。

「ひらたく言うとの、焼き物を作る仕事をする人や。火鉢とか、お皿や茶碗、花瓶とかな。ほういったものを作る土を掘っとる」

「焼き物って、土で作るん？」

「ほうよ、信楽の土はええ土やし」

「土がええって？」

「ほれについての説明は難しいの。土や火によってええ焼き物ができるんや」

「ふうん。どこで作っとるん？」

「俺か、俺は丸熊陶業いうところや」

まるくま。なんや、さっきの照子いうやつの家かいな。喜美子はなんとなく面白くなかったが、どこかわくわくもしていた。なぜ、土が食器や花瓶になるのか、知りたくてしかたがない。しかし、はよ帰りとだけ喜美子に言うと、男は再び、黙々と土を掘り始めたので取り付く島がなかった。

小学校に学校給食というものがあることも、信楽に来て初めて知った。敗戦後、食糧難でお腹をすかせている子どもたちのために学校給食制度が導入されることになった。しかしこの頃はまだ補助食程度で、主食は家庭から持参することになっていたが、喜美子にとっては具のないスープや脱脂粉乳だけでも嬉しかった。喜美子と同じように家から主食を持って来られない子たちが何人かいた。持参している子の多くはおむすびで、照子はパンを持って来ていた。喜美子はまだパンというものを食べたことがない。照子は目が合うと、これみよがしにそのパンというものを口に運んだ。

給食の時間になると、パラパラと教室を出て行く子たちがいた。気になった喜美子が隣の席の子にそれとなく訊くと「わからんけど、給食費が払えんのちゃう」と教えられて、うちもそうなるかもしれん……と、心が曇った。

帰り道、大野雑貨店の前を通ると、母親と信作の母が立ち話をしている姿が目に入った。給食費という言葉が耳に入った。マツが陽子にこう聞いている。

「えっ。給食ってタダとちゃうの」

「ようわからへんけど、なんぼか家庭が払わんとあかんのやろう」

マツの顔に落胆の色が見えた。陽子はそんなマツの買い物袋に、じゃがいもをおまけで入れてくれた。

「栄養つけて、百合ちゃんにたんとお乳あげなァ」

「いつもいつも貰うてばかりで、すみません。あの人は大阪行ったさけ、今日あたり、お金持って帰って来ますよって」

母親に気づかれないように、喜美子はそっと店の前を離れた。


その夕方、常治が大阪から戻ってきた。米や卵、缶詰と、買い出しの品を機嫌よくリュックから出している。直子が歓声をあげた。

「喜美子、うまいお粥《かゆ》作ってくれ。卵をぎょうさん入れてな」

喜美子は卵を大事そうに受け取ってそれを撫でた。

「もったいないで、一個一個、ゆっくり食べんと」

「ケチ臭いこと言うとったら、ケツ叩くで！」

父親が帰り、活気が戻った茶の間だったが、一つだけ違っていたことがあった。常治が見知らぬ男を一人、連れて来たのである。その男はぼうっと力なく、縁側に座っていた。端正な顔立ちの男だったが、目に力がなかった。そして痩せこけていた。

熱々の粥が出来て、皆で卓袱台を囲んだとき、常治はようやく男を紹介した。

「こちらは、大阪で暴漢に襲われた、草間宗一郎さんです」

「そりゃ、えらい目に合いましたなあ」。マツは草間の粥をよそると言った。たんまり盛られた椀を見て顔をしかめた喜美子に、常治は目を見開いてこりゃッ！　と怒る。

「どうぞ、ようけ食べてくださいい」。マツがすすめたが、草間は一箸、二箸つけるものの、すぐ手を休めた。ここに帰宅する前に、常治は草間を町医者へ連れて行っていた。白髪まじりのその医者は、神妙な顔をして常治だけを診察室に呼び、こう言った。

「殴られたケガはたいしたことないけど、心配なんは、心のほう。どうも天涯孤独みたいやわ。ああゆう感じの人、終戦からよう診てきた。生きる気力なくしたり、心の傷がなかなか癒えんかったりな。心に栄養が足りないんや。ゆっくり養生せんと」

心の栄養か……。話を聞きながら常治は、娘、直子の姿を重ねていた。

喜美子はちらちらと草間を見ながら、今まで自分のまわりにはいなかった感じの人やなと思った。それがどうしてなのかはわからない。喜美子は父に訊《たず》ねた。

「あの、草間さんって、日本人ちゃうでしょう！」

「何言うてんねん」

「なんかうちらと違う。言葉や、喋りがなんかムズムズする。どこの国の人ですか!?」

ああ、そういうことかと常治は笑った。

「それはな、東京の言葉だからや！」

とうきょう？　初めて聞く言葉だった。マツが指で空に地図を描きながら教えてくれる。

「喜美子、知らんの。東京は東京よ、こう日本があったら、このへん、日本の真ん中や」

「ええっ。日本の真ん中は、大阪ちゃうの！　お父ちゃん、そう言うてたやん！」

親子のそんな会話の様子を見ながら、やや心が解けてきたのか草間の表情は和らいだ。

「僕、生まれ育ったのは東京ですが、大学は大阪で」

「あ、大学出てはりますの」。常治は居住まいを正して見せた。草間はそれから、訥々《とつとつ》と自分の物語を話した。戦時中、満州鉄道にいた叔父に呼ばれ、働いて、向こうで終戦を迎えたこと。終戦時の満州での混乱。ソ連の侵攻により多くの日本人がシベリアに送られたり、殺されたりしたこと。逃げまどいながらようやくこの春、船に乗って引き揚げて来られたこと……マツは話を聞きながら涙ぐみ、そりゃお辛かったわなあ、ほんまにご苦労様でしたと何度も労《いた》わっていた。喜美子は黙って聞いていた。知らない話ばかりだった。

夕ごはんを終えて、台所で茶碗を洗いながら、喜美子はマツに訊いた。

「あのおじさん、いつまでいるん？　給食費、払えんくなったらどうするん？」

娘の言葉に、マツは厳しい母の顔になる。

「お互いさまや、人は困ったときは助け合うものや」

だからいつも我が家はひもじいんや、そう言いかけて喜美子は口をつぐんだ。

　それから一カ月が過ぎ、草間は川原家にすっかり馴染んでいた。

「草間さんは心の栄養が足らんらしいよ。お医者様にそう言われたんやて」という話をマツから聞いた喜美子は思い立って、以前、学校の帰りに出会ったタヌキみたいな男、陶工の慶乃川のいる山の土掘場に草間を連れて行った。

　慶乃川はあいかわらず土を掘り続けていた。喜美子は草間の手のひらに、ひと掴みの土をそっと乗せてみた。それを見ていた慶乃川が草間に訊いた。

「お兄さん、わかるんけ？　信楽の土のよさ」

　草間はいやぁと首を傾げながら、「大昔はここも琵琶湖だったと聞いています。それでこういう独特の肌の粗さがあるんでしょうか。あったかい感じがしますね」と答えた。

「あったかいか！　ええこと言わるわ！」

「どんな焼き物を作られるんですか。この土で。見たいなァ」

「わ、わしけ？　わしは、その、茶碗をの」

　こほん、と咳をした。そして喜美子と草間は、慶乃川の家に案内されることになった。

慶乃川は独り身で、村のはずれの掘立小屋のような家に住んでいた。古いろくろや、陶器作りの用具がある。草間はいくつもの陶器を手に取りながら、興味深げに器を愛《め》でていた。

「満州にいた頃、陶芸家の作品に触れたことがあるんです。上司のお宅に陶磁器の大きなお皿が飾ってあった」

お皿を飾る？　喜美子にはさっぱりわからなかった。皿は惣菜《そうざい》を盛るものだ。

「あのとき心が動かされました。繊細で美しい絵付けがされた素晴らしい作品だった」

「あ、それはもしかして……」。喜美子は高揚しながら言った。

「心に栄養が沁《し》み渡《わた》ったってことちゃう？」

「栄養？　心に？」

「足らんて言われたんやろ？」

「ああ。そうか、そうだね」。草間は微かに苦笑いした。

慶乃川が奥から、藁半紙《わらばんし》でくるんだ茶碗を持ってきた。「何じらしてんねん！」と、喜美子は藁半紙を広げた。そこから現れたのは、かなり不格好な、お世辞にも美しいとは言えないような無骨な形の茶碗だった。

「えっ。あかんやん！　しかも欠けてるで。ただの土の固まりやないの。最悪やァ」

茶化し半分、ついきつい言葉が出てしまった喜美子に、慶乃川は、「やっぱ、あかんかァ」と渋い顔をして薄い頭をぼりぼり掻いた。

その夜、月明かりの下の縁側で、絆創膏《ばんそうこう》を貼り替えていた草間のところへ、喜美子はコップの水を運んできた。

「ありがとう」

「具合、どうです?」

「今日は、ひどかったね」

「えっ?　ああ、慶乃川さんの作品やろ、がっかりやったなァ」

　すると草間は眉をひそめて静かに言った。

「キミちゃん。人の心を動かすのは、作品じゃないよ。人の心だよ」

「え?」。喜美子には草間の言っている意味がわからなかった。

「作った人の心が、作品を通してこちらの心を動かすんだ」

　草間は居住まいを正して喜美子に向き合うと、叱るように言った。

「ひどかったのは、あの茶碗じゃなくて、君だよ。子どもだからといって、ああいう態度はいけない。一生懸命作った人に失礼だ。慶乃川さんに失礼だ」

　あっ。……穴があったら入りたい気持ちになった。言われてみればその通りだ。慶乃川はへらへらと笑っていたが心は傷ついたかもしれない。喜美子は、あんなことを言ってしまったことをひどく後悔した。


　翌日、喜美子は慶乃川にさっそく謝りに出かけた。家の前でしばらく待っていると、空の弁当箱を入れた風呂敷包みをぶらさげながら、慶乃川が勤めから帰って来た。

「き、昨日は失礼なこと言うて、すみませんでした!」

頭を下げた。叱られるかと思ったが、慶乃川は微笑んだ。

「なあに、気にせんでええよ。焼き物は若い人に任せて、田舎に帰ろう思うてたところや。畑があるさけ、細々、暮らしてゆくわ。最後にええ茶碗のひとつ、作りたかった」

「ええ茶碗でした！」

「無理しなや。陶工やりながら陶芸家に憧れてたんやけど、そう簡単じゃあらへん。まあええや、そもそもお金にならへん、大変や。ええと、名前、なんつうたかな？」

「川原喜美子です」

「キミちゃんか。陶芸家なんて、なったらあかんで」

「わては、お金にならんことはしません！」

「ははは！　頼もしいなァ。うん、キミちゃんは頼もしいで」

落ち着きを取り戻した喜美子は、ふと部屋の隅に積んである藁半紙に目をとめた。

「あのう、この紙、いらんかったら貰うてもいいですか」

「ん？　絵を描くの、好きなんか。ええよ、全部、持ってき」

「ありがとうございます！」


それからしばらくして、草間が信楽を去る日がやってきた。茶の間で草間は、常治とマツに深々と頭を下げた。

「川原さんに声をかけていただかなかったら、今頃はまだ大阪の町をあてもなくふらふらしていたと思います。本当になんとお礼を言ったらいいのか。ありがとうございました」

そして、「これ、キミちゃんに渡してください」と、一通の手紙を渡した。

その手紙を、夜の月明かりの下で喜美子は読んだ。達者な文字だった。

〈きみ子様江、心に栄養をいただきました。有り難う。いつかまたお逢いできる日がくることを祈って。

さようなら。草間宗一郎〉

まだ読めない漢字はあったが、最後の、さようならの文字をじっと見つめた。めったなことでは泣かない喜美子が、何度も涙を拭った。これまでで、いちばん寂しいと思った。

川原家が信楽にやって来てから、初めての冬が訪れた。

盆地にある信楽は、夏は涼しくて過ごしやすいが、冬は大阪よりも底冷えがし、何度か大雪に見舞われる。電気のない家では、火鉢しか暖をとる方法がなかったが、炭代だけでも馬鹿にならない。常治が大野の世話で就いた陶器を運送する仕事でなんとか一家五人は糊口《ここう》を凌いでいたものの、毎日の食事は相変わらず質素なものであった。

喜美子は少しでも腹の足しになるものをと考え、農家の友だちに栽培方法を教えてもらって、小さい庭で、じゃがいもとさつまいもの苗を育てていた。秋には多少の収穫があっった。じゃがいもはごろごろと形は不格好だったが、茹でて塩をかけるとほくほくと美味しい。これをいちばん喜んだのは直子だった。マツは芋《いも》をすり潰して百合子に与えた。喜美子は、来年はもっとたくさん芋が出来るように研究しよう、と思った。

そんな矢先、嬉しい出来事があった。川原の家にも電気が来ることになったのだ。しかも、水道も通ることになった。これからは、井戸で懸命に水汲みをしなくてもいい。

「よっしゃ、点けるで」

常治は、茶の間の天井から下げた電気傘に電球を取り付けた。パッと部屋が明るくなった。「わああっ！」

なんて眩しいのだろう。喜美子も直子も、手のひらが痛くなるほど手をパチパチと叩いた。橙色の明かりは心まで明るくした。それからしばらくして、待望の風呂も付いた。これは、仕事の合間に常治がコツコツと作りあげた風呂である。井戸で水を汲まなくてもいい代わりに、薪を焚いて風呂をわかし、温度が下がらぬよう家族が風呂に入っているあいだ、薪をくべるのも喜美子の仕事になった。

まず新聞紙にマッチで火をつけて、細く切った薪や小枝を燃やすのだ。火が大きくなってきたら、太い薪を投じる。最初は失敗が多く、湯の温度が安定しなかった。「ギエエエエッ、あちちちッ！」だの、「キイイイッ、冷てええっ！」だの、常治に忙しく怒られつつも、火加減を体得していった。そのうち常治も、「おおう、ええ湯加減じゃ。喜美子、上達したなあ、さすがわしの娘や」とご満悦だった。そういうときの父は、ふがふがと変な鼻歌を唄った。

このとき、喜美子は〝火〟の暖かさと、燃え盛っているときの激しさ、それと同時に、火というものが、どこかしら懐かしさや、寂しさなどを含んでいるものだと知った。その不思議な感覚はずっと消えることなく、喜美子の中に残った。火に魅せられたのだ。

毎日真面目に学校に通うことで、喜美子は勉学、特に漢字を読む力もめきめき上達した。ずっと心配顔だった先生も、今では、その努力を褒めるようになった。学力がついたのは、照子のお陰でもあった。喜美子の暮らしを憐《あわ》れんだ熊谷照子が、「家で教えてあげる」と言ったからだ。女に学問は必要ない、勉強できへんでもかまへん！　と、あれほど叫んでいた常治が、村一番の窯元の娘が先生のようになって教えてくれると聞いて、飛びついたからだ。お嬢さん育ちで、上からものを言う照子が苦手だった喜美子だったが、勉強を教わるうちに、次第に二人は距離を縮めていった。

その照子に、あるとき頼まれごとをされた。村のはずれの墓地まで一緒に来てほしいと言うのである。お墓なんて怖いさかい嫌やと断ったが、照子はぐいと腕を掴んだ。

「毎週のように家に招いて、算数まで教えてあげてた。誰のお・か・げ〜？」

お嬢さん育ちの照子は、頼みごとをするのが上手である。

「もう。……何してほしいの？」

「そうこんとなァ！」

照子は大げさに喜美子に抱きついてきた。実は、しばらく前に、喜美子は照子から、同級生の大野信作に恋文を渡してほしいと頼まれて、手渡していた。照子は信作のことをずっと好きだったのだ。その手紙に、学校の外で会いたい。村はずれの墓場で待ってます、と書いたというのである。

「あそこはね、人目を凌げる場所なんよ。知らんの？　若い男と女が逢ういうたら、そういう場所なんよ」

「うちら、小学生やで」

「恋に年齢は関係ないさかい」

強引に引っ張られて喜美子は墓地に付き合うことになった。十分ほど遅れて信作がやって来た。顔を赤らめた照子は、喜美子を置いて寺の境内の柱に隠れてしまった。

信作は、そこに待っていたのが照子でなく喜美子だったことに、どこかほっとしたようだった。そして、喜美子に向かって小声でたどたどしく言った。

「ほんま、しんどいねん、もう、やめてほしいと言うてくれないか」

「自分で言え！」

「い、言えん、すまん！」

信作は踵《きびす》を返して走り去った。呆然とする喜美子の横に、いつしか照子が戻っていた。照子にも聞こえてしまったのだろうか。

「まあ、薄々はわかってたわ。窯元の娘と、雑貨屋の息子じゃ、身分が違いすぎるし」

そして、はああっとため息をついた。喜美子は、どう慰《なぐさ》めたらいいのかわからない。まだ初恋など、したことがないからだ。帰ろうとした喜美子に、言葉を被せた。

「今日、お兄ちゃんの誕生日やねん」

「え？」

「挨拶してってえな。ここにうちのお兄ちゃんが眠ってはる。お骨はないけどな、学徒ナントカいうので戦争に行って、帰って来いへんかった。年の離れたうちのこと、信作のことも、よう可愛がってくれた……」

照子はその墓前に手を合わせた。喜美子も隣で、そっと手を合わせた。照子の横顔を見ながら、苦労知らずの幸せいっぱいのお嬢さんだと思い込んでいた自分が、なんだか情けなくなった。人には他人の知らない、いろいろなことがあるのだ。自分だけが辛いんやない。草間も慶乃川もそうだった。

数日後。喜美子が家に帰ると玄関に見慣れない男用の靴が二足あった。常治がまた誰かを連れて来たのかと思ったが、父の靴はない。それになんだか母親の様子がおかしい。

「喜美子、お風呂、焚いてくれる?」

「ええけど?」

「お客さん来てるで……」

するると、ひょこっと、見知らぬ男が廊下の先から顔を出した。

「こりゃこりゃ、お嬢ちゃんかいな。お父さん帰ってくるまで、いさせてもらいますぅ」

マツは目を伏せた。その口ぶりとマツの表情で、我が家にとってよくない存在の男だと喜美子もすぐにわかった。

「おい、大阪からわざわざさぶいとこを、こんな山奥まで来たんやで。体、あっためんとなあ、借金、耳を揃えて返してもらいまっせ!」

男は怒鳴りまくった。どないしよう……。喜美子は震える手で、薪を掴んだ。

第二章　女にもな、意地と誇りはあるんじゃあ！

喜美子は、炎を見ていた。釜風呂を焚くために、揺れる炎の加減を見ながら、木の枝をくべていた。顔中が汗でじっとりと濡れる。それでもなぜか、揺れる炎がきれいで、赤いその火から目が離せない。いつまでもこうして見ていたい気もしていた。

「はあ〜、いい風呂やなァ」

釜風呂から聞こえてくるのは、借金取りの男、工藤の声だ。さっきはおっかない男だと思ったが、こんな間の抜けた声を聞くと、少し拍子抜けをしてしまう。喜美子は小枝をぎゅっと掴みながら、これをくべればお湯の温度は二度上がる、これやと三度、もっともっとくべたならと、悪い想像をしていた。そうしたらアチチチッ！ まいったァ、もう悪いことしません！ と逃げて帰って行くのではないか。

「おいッ！」。炉の前で唇を噛んでいた喜美子は、心をのぞかれたのかとドキリとした。

「ここは、年寄りはおらんのか？」

「えっ？」。工藤の言わんとしていることが、わからなかった。

「おう、聞いてんのかッ⁉」

「き、聞いてます。お爺ちゃんもお婆ちゃんも、うちが生まれる前に亡くなりました。あ、お母ちゃんのほうの、お爺ちゃんとお婆ちゃんは元気にしてるみたいやけど、会うたことはありません」

「はあん？」

「詳しいことは知りません。大人にはいろいろ、あるんちゃいますか」

「アレか、結婚反対されたとか。なんや顔向け出来んとか。よう聞く話や」

喜美子は困惑した。

「年寄りがおったら、身の丈に合わん借金はするな、言うて止めてくれたのにな。あかんで、返せん借金するんは」

喜美子は真顔になった。トタンの煙突から、ゆるゆると青黒い煙が空に立ち昇っていく。

「大阪で材木仕入れる商売に手ェ出して、うまいことといったら二倍にして返します言うたん、そっちやで。それを二倍どころかうやむやにして、逃げよった」

「……」

「おう、聞いてんのかッ⁉」

「聞いてます」

「わしにもな、五歳になる娘がおる」

「そうなんや」

「そっちから見たらな、わしは借金を取りに来た、怖くて悪い男やろ。せやけどわしの娘から見たら、そっちのほうが約束破って金返さん悪い男や。わかるか？」

　喜美子はうなだれた。男が言うことは、もっともな気がした。

「どんな人間でも、ええ面、悪い面がある。見ようによって人は変わるんや」

ええ面と悪い面……今まで喜美子は、そんなふうに人を見たことがなかった。いい人はいい人で、悪い人は悪い人だと思っていた。

「もうええで。ちょうどええ湯加減やった、ありがとよ」。工藤が湯から上がる音がした。


　火の始末をして茶の間に戻ると、もう一人の本木という男が、ふんぞり返っていた。干し芋をかじりながら、手酌で酒を呑んでいる。一升瓶が置いてあった。お父ちゃんのお酒や……と喜美子が呟くと、何を！　と本木は目をむいて脅す仕草をした。マツが喜美子の腕を掴んだ。その目が、こらえるんやと言っている。いい湯やったァと上気した顔で入ってきた工藤は、手拭いで首のあたりを拭きながら、「おお、酒やないか。気ぃきくな」と、自分も瓶を手にして、どばどばっとコップに注いだ。卓袱台には、マツが急いで茹でた卵が五個。駆け寄ってきた直子が、うちも食べたい！と手を伸ばそうとした。その手を本木はピシッと払いのけた。痛いっ！　直子が悲鳴を上げたので、思わず喜美子は抗議した。

「乱暴せんといてくださいっ！」

　何をぉと、本木が睨みつけてくる。「どんな人間にもええ面、悪い面がある」。ついさっき聞いた工藤の言葉が頭をよぎった。しかし、人間には、我慢できないときもあるのだ。

喜美子は真正面から本木を見た。

「茹で卵、全部、食べんといてください！」

「なんでや」と本木は鼻で笑う。

「なんでって、それ、うちで買うた卵や！」

「そういうことはな、金返してから言えやッ」。バンッと、卓袱台を叩いた。

「怖いッ」。直子が喜美子にしがみつく。

「直子は、うちの妹は、妹は思うようにならんと、癇癪《かんしゃく》を起こします。空襲のときに怖い目に遭わせてしもうたから。そんときのことが忘れられんで。心が弱いところがあるんです。そやから頼みます。一個でええ、妹に茹で卵やってください」

本木は黙っていた。

「やってください！」。喜美子はじっと本木を見つめた。本木がわざとらしい仕草で茹で卵をゆっくり手に取った。直子はごくりと喉を鳴らして、その手を目で追う。

「誰がやるか！」。「あああああぁッー！」。直子は絶叫し、そして茹で卵を持った本木の手にがぶりと噛みついた。アイタタタターッと今度は本木が悲鳴を上げ、茹で卵を落とした。直子はそれを掴むと、一目散に駆け出した。

「あのガキーーーッ」

怒った本木はすぐさま追っかけた。工藤はそれを横目で眺めながら楊枝で歯に詰まった芋をせっついていた。直子は必死で茹で卵を握りしめて、でこぼこ道を走ったが、大人の足には到底かなわない。あっという間に、羽交い絞めにされてしまった。

「イヤアアアアーーーッ」

そのときである。背後から一人の男が呼びかけた。

「嫌がっているだろう、離しなさい！」

本木は、はあん？　と振り返った。その瞬間、男は本木の体をむんずと掴んでトオオオッと投げ飛ばした。息を切らして来た喜美子の目の前をまさに男が飛んだ。そして地面にひっくり返ると、目をシロクロさせた。それはあっという間の出来事であった。この人、誰なの。なんで助けてくれたの。

見上げるとそこには、懐かしい顔があった。喜美子は息を呑んだ。

「く、草間さんっ！」

「おお、キミちゃんか、久しぶりだね！　いったい誰ですか、この男は！」

草間は精悍《せいかん》な顔つきで、出会った頃の弱々しい面影はどこにもなかった。

川原家の茶の間で、草間は借金取りと向き合っていた。投げ飛ばされた本木はしきりと首のあたりをさすっている。一通り事情を聞いていた草間は、懐から札入れを取り出すと、男たちに千円を支払った。工藤がすかさず指を舌でしめらすと、紙幣を勘定した。

「ほんまにええんですね？　おたくのお金でっしゃろ？」

「いいんです。川原さんにはお金には代えられないくらいの、ご恩がありますから」

百合子をあやしていたマツは目を伏せた。工藤が喜美子に向かって言った。

「おい、年寄りの代わりにこんなええ人おってよかったなァ。けどまだまだ残りの借金があるで。しっかり返さんとな。約束破ったら、また追いかけて来るでェ」

そのとき、喜美子は工藤の目をしっかりと見据えた。

「約束します。借りたもんは必ずお返しします」

「ほう」と、工藤は微笑んだ。やけに根性の据わった女の子だと感じたのだ。「ほな、退散しよか」。工藤は本木を促した。本木は、痛てて ッと大げさに腰に手を当てた。

二人が帰ると、喜美子は嬉しさを抑えきれずに、草間に駆け寄った。もう会えないと思っていた人だった。しかも、家族の窮地を救ってくれたのだ。

「草間さん、すごいでっ！　投げ飛ばしたんやね、あのごっついおじさん！」

「柔道の技の一つだよ」

「じゅうどう、ゆうん？　魔法みたいやったで！　びゅうって空舞った」

「本当はよくないいんだよ、やむにやまれずだ」

喜美子の胸は高まった。

「うちも気に入らん奴、バッサバッサ投げ飛ばしたい！　うちにも教えてください」

しかし、草間は戸惑っている。女の子が柔道か、と首を傾げる。

「女は柔道やったらあかんの？　教えてください！」

「喜美子、困ってるやないの、草間さん」と、マツがなだめた。

そのとき、ガラガラガラと玄関の音をたてて常治が帰って来た。喜美子は走り出た。

「お父ちゃん、草間さんや、覚えてる？　草間さんが来てくれはった！　柔道で、うちらのこと助けてくれた！」

常治はおおおッ、と言って茶の間に入って来た。

「川原さん、ご無沙汰してしまい、すみません」

常治はまた、おおッと言って出がらしの茶をすすった。

「あれから大阪で割りのいい通訳の仕事を見つけて働いていたんです。まああの貯金も出来たので、東京に戻ろうと思いまして。その前にあらためてご挨拶をと伺いました」

それを聞いて喜美子はがっかりした。とうきょうに行くんか。日本の真ん中だとかいう。どこにあるかは知らないが、ここからはずっとずっと遠い遠い所だ。

「お話、ようわかりました。直子を助けていただいたことも感謝いたします。そやけど、お金は困りますわ。なんぼなんでも借金の一部を、払うてもらうようなこと……」

なんで知っとるん？　とマツは訊いた。常治は、今しがた帰り道で工藤と本木に出くわして、事の顚末《てんまつ》を聞いたのだと話した。だが別れ際、二人が常治の足に唾を吐きかけたことまでは言わなかった。

「金額、千円でしたな」。常治は、懐からくしゃくしゃの札を何枚か取り出して数える。

「えっと、八百と五十と、あと、百二十円……やな」。そう言いながら、ポケットのあちこちを探している。「そんなお金。どこに？」と心配する喜美子を横目で見て、変な金やないさけと言いながら、さらにがさこそと探す常治を、草間は真剣な顔で制した。

「あの、今夜、ここに泊めていただきますから、その宿代というのはどうでしょう？　一泊、百円くらいで。残りの二十円は、僕の借りを返したいという気持ちで」

「あかん」

「いえ、本当に僕の気持ちですので」

「あかん！」

「何で受けとらへんの？」

喜美子は常治に少し怒りを覚えた。二十円あったら、卵が何個買えると思っているのか。

「黙っとれ！」

「なんでやっ！」

「黙っとれって言うとるやろッ！」

常治の手が出た。叩かれる！　喜美子は咄嗟《とっさ》に手で頬をおさえた。マツと草間が慌てて止めに入った。しかし喜美子は食い下がる。

「なんでや、なんで受け取らへんの！」

「話してもわからん。そうしとうてもでけへん。そうしてたまるかという意地や」

「意地？」

「ああ、そうや。男の意地や！　女にはない意地や誇りが男にはあるんじゃあ！」

「……」

「もうええ、この話は仕舞いや。もう寝え。草間さん、みっともないところばかり見せてすみませんでした。二十円は待ってください。なんとかしますんで」

その日以来、喜美子の耳から、意地という言葉が離れなくなった。意地とは何か。学校の授業中でも、給食の脱脂粉乳を飲んでいるときでも、帰りの草の道でも、麦ごはんを炊いているときでも、ごつごつした洗濯板で洗濯物を洗っているときでも、あかぎれの手にふうふうと息を吹きかけているときも、ひたすら考え続けた。そして、一週間ほど経って、ハッと考えついたのだった。

「お父ちゃん、わかったで！」

早朝、足の爪を切っていた父親のところへ、喜美子は転がるようにして行った。

「あのな、お父ちゃん」

「なんや、まだ皆、寝とるさかい静かにせえ」

「ずっとな、あのあとずっと考えてててん、よう眠れんくらい考えてな。お父ちゃんが意地、言うたことや。意地いうのはなんやろって」

　喜美子は正座した。

「なんやそれ」

「あのな、この前、紙芝居行ってん。寺の境内に。ポン煎餅《せんべい》いうお菓子がほしくて、直子連れて行ってん。そしたらお金ないとポン煎餅もらわれへん。紙芝居のおっちゃんに、直子だけでもくれへんか頼んだけど、あかん言われた。そしたら、意地悪う奴らに、厚かましい、厚かましい！って言われたんや」

「何ッ！　そりゃどこの誰じゃあ？」

「それはええねん、今それはええんです。そのあとや。紙芝居のおっちゃんが、紙芝居やったらお金のうても見てええでってゆうて。ほな見ようと思うたけど、見んと帰って来た」

「帰った？　なんでや？」

「そんときはようわからんかった。せやけど、お父ちゃんが言うた、そうしたいのにできへん、そうしてたまるかいう、それと同じや、意地や！　ほんまはすごい見たかったたんや。見たかったたってん。けどな、あれが意地や。お父ちゃんの言うた誇りや！」

「それが、わかったたちゅう話か」

「そや。けど、もっと言いたい、言いたいッ」

喜美子は、声を張り上げた。「女にも、女にもなッ、意地と誇りはあるんじゃあ！」

そのあまりの迫力に、常治は目を丸くした。

「けっ、女に意地も誇りもあるか、そんなん気のせいやッ！」

「なんやそれ」

「気のせいや！　さっさと朝飯にせんかい！」

柱の陰では、起きてきたマツが父娘の会話を聞いていた。そしてそっと涙を拭った。娘がいつのまにか成長しているのだと思い、嬉しかった。草間もまた、台所に水を飲みに起きてきて、喜美子の言葉を聞いていた。その口もとに笑みがこぼれた。


数日後の朝。草間は大野雑貨店の店主、大野から柔道の道場について話を聞いていた。喜美子に言われた日から、草間は考え続けて、しばらく信楽の地で子どもたちに柔道を教えることを決意していたのだった。どこかに使える道場はないだろうかと相談を受けた大野は、丸熊陶業の息子が通っていた道場があったことを思い出した。

「あそこのお兄ちゃんや、今、キミちゃんと同級生の娘さんのな、そのお兄ちゃん戦死されてな。確か、丸熊さん近くで柔道を習ってたはずや」

「ああ、それは朗報です。さっそく探しに行ってみます」

そこに登校する喜美子が通りかかった。

「あれ、草間さん、何してん？　もう東京行くんやないの」

「それは少し先送りにするよ、柔道の心得をしっかり身につけてもらう」

「え、柔道！　教えてくれるん？　女でもええの？」

「ああ、やる気がある人は誰でも歓迎するよ」

「やったあァ！」

　喜美子はぴょんぴょんと跳ねた。柔道を習えることも嬉しかったが、草間がまだしばらくこの村にいてくれることが、二重に嬉しかったのだ。草間は見当をつけた道場へと下見に出かけた。丸熊陶業のすぐ近くに古く小さい建物があった。ガラガラと木戸を開けると、黴《かび》くさい匂いが鼻をつく。しかし木の床は白じゃけて擦れていて、かつて稽古に通っていた生徒らが熱心に習っていただろう様子がうかがえた。上座に小さな床の間らしきものがあり、〈道〉と墨で書かれた古い掛け軸がかかっている。草間はきしむ木枠の窓を開け、風を通した。

　そして常治が、「いっそ厳しく教えたってほしいわ。誰に似たんか気い強い、あんなん叩きのめしてやってください！」と、喜美子のことを言っていたことを思い出し、おかしそうに一人で笑った。なんだかんだいい家族だな、と草間は思った。

　その三日後の日曜日。道場に喜美子と大野の息子の信作、次郎、その同級生の男子が数人、集まっていた。母親たちが縫い直してくれた古着の柔道着を着ている。いっぱしの選手に見えた。草間は帯を締め直すと、あらたまって皆に言った。

「柔道という武道を通して僕が教えたいのは、勝った、負けたではありません。本当のたくましさ、やさしさとは何か。本当に強い人間とは、どういう人間かです」

このときばかりは、悪たれ小僧たちも口を一文字にして聞き入った。

「そして人を敬《うやま》うことの大切さを学んでほしい。さっ、まずは自分たちの道場をきれいにするところから始めよう！」

と、そこにすみません、と女の子の声がして、帯を締め直しながら慌ててこちらに駆け込んでくる。女の生徒は喜美子一人だと思っていたところに、もう一人が加わった。

「熊谷照子いいます、よろしくお願いします！」

「はあ？　あんたみたいなお嬢さんが？　お三味線と踊り習ってるんやろ」

と喜美子は言った。

「日舞や。柔道やったらあかん？　うちは、ほんまはこういうほうが好きなんや」

「ほな一緒にやるか！」

「一緒にやるで！」

二人は、せえの！　と並んで雑巾《ぞうきん》がけを始めた。育った境遇が違えど、いつのまにか憎まれ口を叩けるほどの仲になっていた。

掃除が終わり、道場は清々しい雰囲気になった。

「先生に礼！　お互いに礼！」

草間は信作の手を引いて組み、初歩の型の手本を見せた。「エイッ」「エイッ！」。互いに組みながら、次第に道場の中は活気を帯びて、喜美子らの目も真剣さを帯びていった。


正月が来た。早いもので喜美子たちが信楽に来てから、五年もの年月が流れようとしていた。

「あけましておめでとうさん」と、卓袱台を囲んで皆が食べたのは、すいとんと人参だけの雑煮風のものだった。餅など手に入らない。でも、そこに茹で卵と、たくあんと、みかんがついた。変わらず貧乏であったが、皆、幸せな気分だった。草間も幸せそうだった。

末娘の百合子は歩くようになっていた。人差し指で障子にぷすぷすと穴を開けては、キャッキャッと笑った。そして何といっても喜ばしいのが、この春、喜美子は中学を卒業し丸熊陶業に就職が決まったことだった。働き手が増えれば、少しはラクになる。

「おお、そういえばな」。常治が神妙な顔をして思い出したように言った。

「昨日、お巡りさんが来て、草津のほうで人さらいが出たさけ、気いつけてください言うてた。皆、気いつけるんやで」

怖いなァと直子が呟いた。お巡りさん、と聞いて喜美子は、暮れに照子が耳元で囁いた言葉を思い出した。

「うち、夢がある。婦人警官になる決めたんや。正義の味方や！」

婦人警官の仕事は、全国の女性たちにとって都会のデパート勤めと並ぶくらい、今や憧れの職業となっていた。それまでは男の仕事と思われていたが、紺のスカートの制服姿で皆の安全を守る仕事はやたらと格好よく見えた。照子の夢を聞きながら喜美子は、「うちには夢なんてあらへん。今、大事なんは大根がおいしく炊けることや」と、胸の中で呟いていた。そして、これからは丸熊陶業で働いて、火鉢を作るんやと思った。

寒さは本番を迎え、窓の外には、粉雪がちらついていた。だが火鉢のお陰で部屋は暖かかった。信楽の火鉢は日本の冬に役立つんや。喜美子は自分を奮い立たせた。すいとんの雑煮を食べ終わると常治は、隣の部屋で熱燗《あつかん》を呑みながら、ラジオを聴き始めた。柔道を習っている男子の父親たちが、「草間さんのお陰で、息子の姿勢がようなった、子どもらの諍《いさか》いも少のうなった」とお礼に買ってくれたものだった。そこに草間が入って来た。

「ここは、いい町ですねぇ」

常治は背中を向けたまま、草間にぼそっと言った。

「東京、そろそろ戻らはるってほんまですか？　子どもら、また残念がりますわ」

「はい。一通り、柔道の心得は教えたつもりなので」

「どないしても戻らなならん何かがあるんですか」

「……」

「あ、や、深くは聞かんけど、今、日本の火鉢はほとんどが信楽ので、わりと景気ええんですわ。仕事、探せばなんぼでもあると思います。暮らしましょうや、信楽で」

草間は、無言であった。

翌日。草間は寒い中を喜美子と山に行って、枯れ枝を拾い集めた。風呂や煮炊きに使う枝が足りなくなってきたのだ。拾っては、背に背負った大きなびくに入れた。

「草間さん、やっぱり東京に戻るんか。なんでや」

「それ、お父さんにも聞かれたよ。……実は人を捜していてね」

「ひとって？」

「実は奥さんをね」

「えっ。結婚してたんか」。不意の言葉に喜美子は歩みを止める。

「五年ほど前、僕より先に満州から日本に引き揚げたんだ。海を渡って、船で。でも、それからの足取りがわからない。大阪は一通り捜したけど、いなくてね。あとは、東京を捜すしか。友人や遠い親戚もいるから」

「そういうことやったら早よ行かな！　五年も待たされて、奥さん、今頃カンカンや」

草間が微笑んだ。それは、泣きそうな微笑みだった。

「もう、笑てる場合ちゃうで！　戦争で連絡つかへんようになって、困ってる人、いっぱいいてはるって聞くで」

「キミちゃんなら、そう言ってくれると思った。普通はね、たいがいの大人はね、満州引き揚げから五年も行方がわからないのなら、もう亡くなったって、あきらめたほうがいいって言う」

「何言うてんの！　はよ見つけんと。奥さん、今頃カンカンやわ！」

草間は、ありがとうと言って懐に手を入れると、いつも忍ばせている、妻の写真を見せた。「どれ、見せて。へえ。うん、まあまあやな」。喜美子の負けず嫌いがつい出てしまい、二人は顔を見合わせて、プハッと笑った。


翌日、道場で稽古に励む皆に、草間は声を張り上げた。

「皆、やりながら聞いてくれ。これまで何度も言ってきたように、君たちが身につけたその技は、やむにやまれず身の危険が迫ったときや、誰かを助けてあげなきゃという緊急のためだからな。ただ単に勝つとか、自分の力を誇示するために使っちゃいけない。忘れないでほしい」

その翌週、皆に見送られながら草間は東京へと旅立っていった。慶乃川が土産にと、風呂敷に包んで何かを持って来た。風呂敷を開くと、小ぶりの信楽焼のタヌキが顔を出した。

「これ、邪魔かの」

草間はその小さなタヌキを抱いて、嬉しいです、連れて帰りますと笑った。喜美子は、なんとか笑顔で草間を見送った。いつまでもいつまでも、汽車にさようならと手を振った。

そして慶乃川も、まもなく故郷の草津に発つのだと話した。


皆が、新しい春を迎えようとしていた。喜美子は一五歳になっていた。

中学卒業を控えた一カ月前、昭和二八年の二月。喜美子は信作から借りた自転車をゆっくり漕いでいた。風はまだ冷たいが、春の匂いを微かに感じる。

「うわあああああ。ええな、おもろいなア、自転車。楽しいなァ」

隣を急ぎ足で歩きながら、信作は言った。

「俺、ほんまは高校、行きたないねん」

「なんで？　辛気臭いことを言うな。見ろ、うちの絵を！」

喜美子はどんどん絵が得意になっていた。毎年学校代表で絵画展に先生が出品してくれるほどの腕前だ。

「もう、学校に飾ってあったやんけ。目が腐るほど見たわ」

「高校いややって、勉強、嫌いか？　うちは勉強、好きやで。けど働くんも好きや」

「ええなあ、俺も働きたい」

「今年は進学する子のほうが多いで？」

「ほやけど、高校は怖い先輩がいる噂や」と、ビビリの信作は答えた。

「照子に守ってもらえ、照子に！　頑張れや！」

そう言いながら、あれから照子の気持ちは落ち着いたのかなと考えた。人さらいの事件が日本中を怖がらせていた頃、照子がいなくなったことがある。さらわれたのではと大騒ぎになった。無事見つかったものの、実は家業を継ぎたくなくて、親と諍いになって逃げ出したとあとでわかった。そういえば照子は、婦人警官になりたいと言っていたのだ。

その丸熊陶業に明日、喜美子は就職の挨拶と下見に行くことになっていた。

娘に大きな就職先が決まって、常治は上機嫌だった。信楽では、日本の火鉢のほとんどを作っていた。その信楽でも一、二を争う規模の丸熊陶業である。あちらこちらで、娘さん、よかったなァ、そりゃ安泰やなあと声をかけられた。常治自身の運送業もここのところ、ようやくうまく回り出して、この四月からは、博之という若い男の子を雇うことになっていた。

事件が起きたのは、翌日、喜美子が丸熊陶業に挨拶に出かけたときだった。

初めて踏み入れる工房は思っていたより大きかった。西牟田という上役について事務室に行く途中、陶工たちが働いている現場を通った。土を練る者、大型のろくろを回して皿や茶碗を作る者、タヌキの鋳型《いがた》に溶かした土を流し込む者……、裏にある大量の登り窯はごうごうと音を立て、陶工たちが汗だくで薪を投げ入れていた。皆が鉢巻をして上半身はランニング姿だった。現場に女が一人もいないことに、途中で喜美子は気がついた。今まで嗅いだことのない、むせるような汗臭さが漂い、妙に緊張しながら通り過ぎた。

事務室に着くと、西牟田はほうじ茶を淹れてくれて、そこに照子の父である、社長の熊谷秀男がやって来た。そして申し訳なさそうにこう切り出した。

「あのな、キミちゃん。照子の頼みやし、よう知ってるキミちゃんやし、働いてもらおうと思ったんは確かや。人もおったほうが助かる。ほやけど、今、見てもろうたようにな、男ばっかしの力仕事や。キミちゃんには難しいんちゃうけ？」

喜美子はドキッとした。就職できなければ困る！

「厳しくてもかまへん、うち、一生懸命、働きます！」

「男ばっかりの職場に、十五歳の女の子を受け入れるやなんて、そもそもわしの考えが甘かったでよ。実は、そんなん困りますゆうのが従業員皆の意見なんや」

西牟田も目を伏せて、すんませんと謝った。続いて秀男も頭を下げる。

「このとおり堪忍《かんにん》や！　キミちゃん！　ほんま申し訳ない」

そんな……喜美子は唾を飲み込んだ。目の前が真っ暗になった。でもこれ以上、照子の父を困らせるわけにはいかない。かといって、お父ちゃんになんと言えばいい？　どうすればいいのだろう。途方に暮れた。こんな小さな町で、すぐにまた女の自分に就職先が見つかるとは思えない。とぼとぼ家に帰ると、威勢のいい常治の声が飛び込んできた。どうやらもう一人、博之の兄の、保《たもつ》という名の若者を雇う話になっているようだった。

「今後、どんどん商売を広げていく算段をしてまっさかい！」

「ほやけど、お給金、二人分やど？」

保を紹介した谷中という男は心配するように言った。

「いやいや、何しろ、うちの娘がこの春から丸熊陶業ですわ」

常治は、丸熊陶業の月給が月一万円だと聞いていた。たとえ大阪だって、中学を出たばかりの小娘にそんな給金を出す企業は聞いたことがなかった。この前も嬉しくて、大野にたんまりと酒を奢った。春からのことを考えるたび、ついつい顔が綻《ほころ》んだ。

「え、丸熊？　そうなんけ？　ほなら安泰や、生活、助かるのぉ」

「娘の稼ぎをアテにするようで、あれですけど」

小さい声で言うマツの声にも嬉しさが滲み出ている。

「娘をアテにするわ、もう喜美子は一五やで！」

「ぜひ、お願いします！　俺、頑張りますけ！　これでもう屑拾《くず》いに行かんでええで」

「そやな、屑拾いせんでええで。よかったな！　保！」

谷中も安堵した顔になった。終戦からもう八年が経とうとしていた。復興に沸き始めた日本であったが、景気がいいのは一部の都会だけの話で、日本全体では、まだまだ大半の人々の暮らしは貧しかったのだ。喜美子は父親の弾む声を聞きながら、困ったなと柱の陰でうなだれた。そこに、大野の妻、陽子が息せききってやって来た。

「キミちゃん、できたでぇ！、あんたのブラウスとスカート。おばちゃん、夜なべして縫うた。頑張り屋のキミちゃんへのお祝いやっ。就職、おめでとう！」

袋から取り出して広げた洋服は、可愛くハイカラなものだった。……出来たばかりのブラウスを手にしたとたん、堪えていたものが一気に溢れ出た喜美子は、号泣した。


その夜。町の飲み屋で常治は西牟田から説明を受けた。ほんまに申し訳ありませんと、西牟田は恐縮し、起立して頭を下げた。常治はそちらの事情もようわかりますとなんとか怒らずに答え、いろいろ考えているふうだった。それが、常治の意地だった。

次の日から、常治は家を留守にした。いったい、どこへ行ったのか。マツは何か知っているようだったが、喜美子は何も聞かされておらず、モヤモヤと不安な日々を過ごした。

丸熊陶業からは、今回のお詫びにと、酒や醤油、砂糖、駄菓子と、山ほどの食料が川原家に届けられており、事情を知らぬ直子たちは大喜びをした。一週間ほどが経ち、やがて帰ってきた常治は、大阪に喜美子の就職先を見つけたのだと言う。

「荒木商事ゆうところや。喜美子、ええか、お前は春から大阪や！」

一瞬、喜美子は言葉を失った。けれども吹っ切るようにすぐにカラリと言った。

「わかった、お父ちゃん、ほな、うち大阪行くわ！　お給料もろたら、テレビジョン送るわ！」

わあ！　テレビジョン、テレビジョン！　と直子と百合子がはしゃいでいる。

「早よ送ってや、うちらも頑張るし！」

「馬車馬のように働けゆうこっちゃ」

家族の笑顔が嬉しかった。自分が皆から頼られていることで、強くなれる気がした。

一方、中学の担任の寺岡先生からは、進学したほうがいいと助言されていた。喜美子がこの前描いた絵は、コンクールで金賞を取っていたのだ。

「川原さん、絵だけじゃなくて勉強もよう出来ます。特に数学が。優秀やから、上の学校に進んだほうがええ。先生がなんとかしてあげられるかもしれない。タダで学校に行けるかもしれん」。そんな寺岡先生の提案を、常治は間髪入れずに断った。

「女に学問は必要ありません」

喜美子は、何も言えなかった。

「恥を晒《さら》すようで情けないですが、喜美子は大阪に働きに出て仕送りをしてもらわんと。この子に、それ以外の道はありません」

肩を落とし帰り支度をする寺岡先生に、喜美子は笑顔で礼を言い、見送った。

翌日、喜美子は信作と照子に道場に呼び出された。礼！　照子はいきなり、喜美子に組手してきた。

「な、なんや、柔道着やないと、ぐしゃぐしゃや！」。「ええ、かまへん！」

そのうち照子は技をかけるかわりに、抱きついてきた。

「なんや、これ柔道ちゃうねん！　離せ！」

「離さへん！　うち、婦人警官、あきらめたんやっ、お兄ちゃんが亡くなったから、丸熊はうちが継がなあかん！　うちは信楽から出ていけへん！　一生、信楽や！」

そして、だんだんと泣き声になった。

「高校行っても友だちできへんわ。あんたいいひん信楽は想像できひん。大阪、行ったらあかん。信楽捨てるんけっ！　許さへんで！」

「ゆ、許さへんで」。と、二人を見ていた信作も小声で言った。

「大阪、遠ないよ。夏にはまた帰ってくるで！」

「ちゃう、行ったらあかん、行ったらあかん！」

照子は泣きながら喜美子にしがみついて、離れなかった。


パチパチパチと燃える薪が音を立ててはぜていた。風呂に入っているのは父の常治だ。

「なあ、お父ちゃん」。喜美子は話しかけた。

「タヌキの道でな、信楽に来てすぐのとき、ほんまのタヌキに会ったで。よそもんはタヌキに化かされるんや、信作が言うてな。けど、あれ以来、見てへんで。会ったことない。

ほんまのタヌキは現れん。なんでかわかる？」

　常治は黙って聞いていた。

「もう、よそもんやないからな。うちは信楽の子や。信楽が好きや」。堰《せき》を切ったように涙が溢れた。火に頬を照らされながら、喜美子は肩をふるわせて泣いた。

「ここにいたい！　お父ちゃんとお母ちゃんと……皆とここで暮らしたい！」

　マツは台所で娘の声を聞きながら、前掛けで涙を拭った。

「喜美子、タヌキの道の先に行ったことあるか？」。風呂の中から常治が聞いた。

「左に折れて、その先もずっと登ってゆくん。細い道を行くとな、パアッて開ける。そこから見える夕陽がきれいや。よう見とけ。大阪行ったら見れんで。目に焼きつけとけ」

　次の日の夕方、春の気配のする静かな山道を喜美子は一人上って行った。猫柳の芽がふくらんでいた。道端には野の水仙が咲いていた。ここを曲がって……。すると目の前に、突然、大きな夕陽が見えた。火のように、赤く燃えていた。喜美子は立ち尽くした。お父ちゃんが言ったように、この夕陽を目に焼きつけよう。昨日、思いきり泣いたあと、喜美子の顔からは、まるで憑《つ》き物が落ちたようだった。

　ズボンのポケットから、信楽に初めて来た日の峠で拾った、焼き物のかけらを取り出して、夕陽にかざすようにした。あの日からずっと大切にしていたかけらだった。紅色のそれに夕陽があたると、さらに鮮やかな緋色に輝いた。

第三章　帰らへんで。うちはここで頑張り抜く！

喜美子、一五の春である。信楽駅から貴生川《きぶがわ》駅、貴生川駅から、草津駅。琵琶湖を眺めながら、大阪へ。一人で汽車に乗るのは初めてであった。緋色に輝く焼き物のかけらを、ときどきポケットの中で握りしめながら、不安と期待に押しつぶされそうだった。

六年ぶりに生まれ育った大阪へやって来た喜美子は、かつて住んでいたところとはいえ、人の多さと活気に驚いた。今日は祭りか何かをやっているのかと思ったほどだ。皆、せかせかと動きまわっている。戦後復興期のバイタリティーと、まだまだ沈んだ闇のようなものとが交錯していた。生活用品だけを入れて、鞄たった一つで町に降り立った喜美子は、父の常治が就職の話をつけてくれた〈荒木商事〉という会社の社長を、待ち合わせの場所で待っていた。喜美子がどんな仕事をするのかは、父もよくは聞いてこなかったようだ。

しかし、待ち人はいっこうに現れない。「すみません！　あの、荒木商事というところ……」と道行く人に声をかけてみるが、誰もがせわしなく歩いていて、足早に立ち去られてしまう。どんどん心配になっていく喜美子に、声をかけてきたのは警察官だった。その警官に連れられて、雑居ビルの一室に辿り着いた。

「あかんわァ、すっかり忘れてたわ。ごめんなァ」

謝ったのは、社長の荒木さだである。

「なんせ、下着ショーがすぐやさかい、頭がいっぱいでなァ」

下着ショー？　不安になった喜美子は部屋の中をぐるりと見回した。さだの他に、若い女性が三人。男性は見当たらなかった。ダンボールと見本の下着が山のように積んである。さだは、荒木商事の社長であり、デザイナーでもあるという。しかし、デザイナーというのがどんな職業なのか、喜美子にはよくわからなかった。

「これな、ブラジャーゆうの。ちょっと前までは乳バンド言うてた。喜美子ちゃんゆうたか？　あんたも着けてみる？」

突然手渡されて、喜美子は戸惑う。まさか仕事というのは、この下着のモデルなのか。

「洋装が当たり前になってきたでしょう？　そういう新しい洋服出てきたから、下着も変わっていかなあかんねん」

初めて触るブラジャーなるものを上下左右にして眺めている喜美子を見て、社員の女たちが笑いながら言った。しかし、さだは真剣なまなざしで頷く。

「女の遊びちゃうかと馬鹿にする人もおるけど、こっからおっきな会社にしてゆくんよ」

「そう、皆で意見出し合うてな」。続けるようにして、縫製担当の千賀子が微笑んだ。

「うちらは上下関係こだわれへん、ええ会社よ」

男ばかりだった丸熊陶業とは、真反対の世界に飛び込んだことに喜美子は気がついた。女だけで動かしている会社が、世の中にはあったのか。信楽では考えられないことだった。

「はいっ、私、頑張ります！」。下着モデルだって、やってやる。そう覚悟を決めて深々と頭を下げた喜美子だったが、さだはきょとんとして、ちゃうちゃうと手を振った。

「喜美子ちゃんは、私も住んでる〈荒木荘〉ゆう下宿屋の、女中さんや」

女中さん？　戸惑った喜美子に、さだは笑みを浮かべながらこう言った。

「どう聞いたか知らんけど、うち、あんたのお母さんの遠縁なんや。ゆうてもお互いよう知りません。そやのに無理にツテ頼って来られてな、何べんも頭下げはって」

父親からは、さだが従妹《いとこ》だと聞いていた。大阪で娘の就職先を必死で探し回ってくれた姿が浮かんで喜美子は胸が熱くなった。女中の仕事なのかと、くよくよしてはいけない。

「ほな、これから連れてくわ。今は大久保さん言う、古株の女中さんが手伝いに来てくれてるの。もともとは荒木家の女中さんやったんよ。うちのおしめも替えてくれてた。仕事は全部、大久保さんから教わってな」

着いた先は、細い路地にある、木造の二階建の家だった。古びてはいるものの、立派な造りである。木戸があり、表札に〈荒木荘〉と書いてある。

「親が遺してくれた家を、改装したんよ。どうぞ」。さだは喜美子を促した。

「大久保さん、おるー？」

はいはいと、前掛けで手を拭いながら出て来た大久保のぶ子は、喜美子を上から下まで、品定めをするように眺めた。

「この子よ、信楽から来るゆうてた子。川原喜美子さん」

「わかりました。ほんじゃ、さっそく手伝い始めてもらいます」

「今日ぐらいゆっくりさせてやってええわ。お腹すいたやろ、ごはん食べてな」

ごはん？　と、喜美子は聞き返した。

「賄《まかな》いつきやから」

「えっ、ええっ！　ごはん、もらえるんですか」

「そりゃそうや。部屋はそっち。四畳半で狭いけどな。布団もあるで」

「部屋。自分の部屋があるんけ！　えっ？　ありがとうございます！」

案内された部屋に入ると、喜美子は飛び上がった。

「うちだけの部屋！　初めてや！」

布団を広げて前転した。するとそこに、「また窓が開かんって？」と、いきなり見知らぬ男が入って来た。……見たことがないほどハンサムな青年である。

「あっ」。喜美子は顔を赤らめた。

「あわわ、こっちゃにお住まいですか?」

「あ、ああ、ちょうど一年になるかな」

青年は答えた。喜美子は同じ部屋に住む人かと、勘違いをした。

「よろしくお願いします。私、川原喜美子いいます。あ、この辺、使わせてもらいます」

「え?」

「あ、えっ? もっとこっち? えっ、ほしたらないやん、うちの場所」

青年はくすくすと笑った。

「可愛いこと言うてるなァ。僕と同じ部屋で暮らすと思うたん? 僕はここに住んでるけど、部屋は二階や。酒田圭介いいます」

「あっ、やっ」

「ここの部屋の窓、よう閉まらんくなって頼まれるんや。これからよろしく」

「は、はいっ! 女中として来ました、よろしくお願いします」

圭介がいなくなると、喜美子はほっと胸を撫で下ろして、襖《ふすま》に寄りかかった。が、勢いあまって襖が倒れた。な、なんや! 隣の部屋には、一人の女性が寝ていた。

「な、何ごとッ!」 ぼさぼさ髪で男のように見える。シャツのままで寝ていたようだ。

「ご、ごめんなさいッ!」。喜美子は平謝りした。女性は目覚まし時計を、ガシッと掴むと、「どうでもえええわッ、あと十分寝よ」と、掛け布団をひっ被ってまた寝てしまった。

喜美子は倒した襖を必死で直した。

片や、のぶ子はさだを台所に引っ張っていった。顔が怒っている。

「さださん、あんな子どもはあかんわ。任せられません。信楽に帰しまひょ！」

「まあまあ、そう言わんと。私も若いとは思うたけど鍛えたってや。喜美子さーんッ、来てや！」

「無理、無理！」とのぶ子は首を縦には振らない。

声を聞いて、喜美子はすっとんで行った。

「そこに座って。あのな、ここの仕事やけど」

「はいッ」

「ここ、荒木荘は皆さんに賄いつきでお部屋を貸してるの。朝ごはんから始まって、生活の細々したこと、洗濯も掃除もしますゆうて、お家賃を高めにいただいてるの」

「はい」

「それを気に入って皆さん、住んではる。私と、医学生の酒田さん、新聞記者の庵堂《あんどう》ちゃ子さん、あと、何をしてはるかわからんけど、田中雄太郎さんいう若い男の人の四人や。つまり、あなた一人でこれから四人の世話をするということ」

あの酒田という人は医学生か。寝ていた人は新聞記者なんや。えっ？　女なのに新聞記者？　すごいなあと喜美子は思った。ちや子は二六歳で、戦後、大阪で生まれた夕刊紙〈デイリー大阪〉の記者なのだという。

するとと突然、やっぱり無理や、とのぶ子は言った。

「もうちょっと年いった大人の人やないと」

「この子のお父さんが、出来るいうから、頼むことにしたんやけど」

さだが喜美子を庇おうとする。

「そんなん親の欲目でっせ。こんな子に出来るかいな」

「待ってください。うち、やってました！　信楽で。ごはん炊いたり、大根炊いたり」

喜美子はそれこそ、〝意地〟で言った。家事ならさんざんやってきた。

「掃除も洗濯も毎日やってました。うち、一生懸命、働きます。一生懸命、心を込めてやらせてもらいます！」

さだは言った。

「大久保さんは、若い頃からこの仕事して、結婚して四人のお子さん育て上げて、厳しいお姑さんも看取って。家の中のこと、ずっとやって来た人よ、ようわかってはる人なの」

するとのぶ子も、真正面から喜美子の顔を見た。

「この仕事は、一生懸命やったからって、仕事やからと割り切ってやったからって、どんな気持ちでやったからって、他人から見たらたいして変わらん。なんでかわかる？　誰にでもできる仕事や思われてまっさかいな。さだちゃんみたいに、乳あて？」

「ブラジャーいうんや。デザインをしとるの」

「そういうデザインの仕事してな、人からステキやわァと言われる。そういう仕事とは違う。信楽の家のお手伝いとも違うで。褒めてくれるお母さんはおらん。ここは赤の他人の集まりや。仕事も暮らしぶりもいろいろや。若い子には続かん。よう続かん」

喜美子はもう、何も言い返せなかった。社会に出るということの、厳しい現実を知らされた。のぶ子にはもう取り付く島がなさそうだった。

「わてが言い出したんやから、さだちゃん、信楽までの汽車賃は出します」

「まあまあ、そこまで言わんと。しばらく様子見でええやないの」

「いいえ、帰ってもらいます！」

キッパリのぶ子は言って、急いで夕飯の支度を始めた。そして食卓に次々に総菜を並べると、後片づけはその子や！　と言い残して帰って行った。さだは「ごめんなァ」と、喜美子を気遣い、困ったように言った。「今日は一緒にごはんを食べよう、な」

二階でその一部始終を聞いていたらしい圭介は、下りてきて食卓の椅子に座った。

「僕の卵焼き、分けたるわ」

のぶ子がさっき焼いた美味しそうな卵焼きを、喜美子の皿に載せた。さだも、たくあんを分けてやった。いただきます、と箸を動かした喜美子は、そのふんわりと甘い卵焼きにたちまち笑顔になった。これが専門の人の味なんや、と思った。しかしクビを宣告されたばかりだ。すぐ暗い気持ちに襲われた。しかしごはんは美味しい。でも悲しい。私はどこに行ってもだめなのか、子どもの使いなのか……、笑顔になったり泣き顔になったり、両極端の気持ちが忙しく往き来している様子を、圭介とさだは微笑ましく見ていた。

明日は信楽に帰らなあかん。さっき案内されたばかりの部屋に戻った喜美子は、鞄から寝間着を取り出した。するとその奥に、大きな紙袋が入っている。なんだろうと取り出すと、まず封書があり、そこにマツの字で、「喜美子へ」と書いてあった。夢中になって封を開ける。

〈喜美子へ。よけいなことゆうなとお父さんから言われてるので、要点だけ書きます。同封したハガキにはこっちの住所と宛名が書いてある。そのまま送ればお母ちゃんに届く。辛いこと、悲しいことあったら、そこに書いてな。お母ちゃんが受けとめて、あんたはすっきりする。魔法のハガキや〉

そこには、十枚以上のハガキが入っていた。そして、信作の母、陽子が作ってくれたあのブラウスとスカートも入っていた。

〈それから、も一つ、お父ちゃんが自分の手拭いを入れとけ言いました。わざと洗ろうてないの。臭うて腹立つさかい、負けるもんかと思うはずやて。お父ちゃんの働いた汗の臭いです〉

喜美子は手拭いを顔に近づけた。とてつもなく臭い。とたんに涙がぽろぽろとこぼれた。

「お父ちゃんの汗の臭いや……」。そして喜美子は決意した。

帰らへんで。うちはここで頑張り抜く！


早朝の五時。まだあたりは静まり返っている。新聞配達の自転車のカタカタいう音が聞こえた。喜美子はマツの送ってくれたハガキに、さっそく荒木荘の外観の絵を描いていた。さだにもらったみかん箱を机がわりに布を敷いて、缶を鉛筆立てにした。

そこに信楽から持ってきた、紅色のかけらを御守りのようにして置いた。思えば小さい頃から描くことが好きで、得意だった。中学を卒業する少し前、担任の寺岡先生が家に来て、喜美子の絵が県の中学生の部で金賞をとったと知らせに来てくれた。先生が父親の常治に「上の学校に、行かせてやってくれませんか。キミちゃんは他の科目も優秀です」と進言してくれことを思い出した。しかし常治は「女に学問は必要ありません！」の一点張りで、先生はそれ以上、何も言えなかった。喜美子も何も言えなかった。

六時に、大久保のぶ子が荒木荘の木戸を開けて、勤めにやってきた。喜美子は慌てて、昨日受け取った、汽車賃の入った封筒を返しに走った。

「どうゆうこと?」。さだも起きてきた。髪にカーラーを巻きつけて、網のネットを被っている。そこに「ただいまー」と、ちや子が帰ってきた。ちや子の帰りが朝方になるのはいつものことらしい。毎日毎日、事件を追いかけて、記事を間に合わせる。くたびれ果てていた。

「お帰り。大変やねえ。すぐごはんにしますよって」とのぶ子は言った。

「いや、食欲ないしお茶漬けでええです。それよか、苦いお茶ほしいです」

「はいよ。今、湯を沸かすけね」。二階から圭介も下りてきた。

「おはようさん。起こしてしもうたな」

「いえ、僕も濃いお茶飲みたいわ。再試験の勉強、朝方までやってたさかい。ちや子さん、また朝まで。事件？」

「ああ、例の淀川《よどがわ》の溺死体や、身元も原因もわからん。所轄も手え焼いとる」

ちや子が首と肩をぐるぐる回すと、ゴリゴリと音がした。

「私、大久保さんにお話があります！」

突然、喜美子が大きな声を出して、皆一斉に喜美子の顔を見た。

「あらあ、ちょっと大久保さんのことやて」

さだが今度はのぶ子の顔を見た。喜美子は意を決して言った。

「私、帰りません！　ここで予定どおり働かせていただきます」

「何言うてるん」。のぶ子が眉を顰《ひそ》める。

「昨日、うちには女中の仕事は務まらんて断言されました。大久保さんが、今、うちの、柔道いうところの対戦相手や！」

柔道ッ？　四人が口を揃えたように言った。

「……うち、柔道を習ってましてん。草間さんゆう先生の草間流柔道」

なんの話や？　とのぶ子は訝《いぶか》る。しかしちや子は「おもろいな」と言い、圭介は「聞きましょうよ」と真剣な顔をした。喜美子は一気に喋った。

「草間流柔道は、相手を敬うことから始めます。大久保さんはお子さんを、四人も育て上げ、家の中のこと、ごはん作ったり、掃除、洗濯、ずっとやってきはった。すごいことやと思います。素晴らしいんとちゃいますか。素晴らしいことやのに、大久保さんは家の中のことは誰にでも出来ることと言わはりました。そやろか。大久保さんの作ったごはんは、大久保さんにしか出来ひんとちゃう？　夕べのごはん、えらい美味しかったです。うちは誰にでも出来る仕事やない、思う。家の中の仕事も素晴らしい仕事やって、そやからいつか、〝あんたにしか出来ひん〟、いつか〝参りました〟言わせてみたい！」

黙って聞いていたちや子は、この子、おもろいわと、にやっと笑った。

「どうか、雇ってください。働かせてください、戦わせてください。お願いしますゥ」

「何が戦うや。アホらしい」。のぶ子は台所にそそくさと行って、やかんの火を止めた。

「はよ、ごはんの支度せんと」。俎板《まないた》と包丁を取り出した。食卓の四人は、それぞれ目で促した。すぐに手伝えと皆の目が言っている。喜美子はハッとして流し台へ走った。

「ありがとうございます！　一生懸命、心を込めて働かせてもらいます」

喜美子は柔道でするように、礼儀正しく頭を下げた。

「ちゃっちゃっとしなはれ！」。のぶ子の檄《げき》が飛んだ。


女中としての、忙《せわ》しい生活が始まった。

のぶ子の指導は厳しかった。掃き掃除は、場所によって箒《ほうき》を換えること、雑巾は固く絞って、場所によっては乾拭《からぶ》きすること。便器はピカピカになるまで磨くこと。洗濯は家族ではないので、それぞれ別に洗うこと、ごはんが余ったときは、冷やごはんで出さずに蒸し器で温め直すこと、その他、圭介のお弁当作り、買い物や、御用聞きの応対……朝から晩まで、やることは山のようにあった。米の研ぎ方一つ、電話の出方も注意された。

「しつこい勧誘の電話もかかってくるよって、なめられんよう、大人のええ声出しぃ」

「大人のええ声ですね。……えへん。〝はい、荒木荘でごじゃいます〟」

緊張のあまり、上ずって間違えた。のぶ子は笑いをこらえながら「もう一回！」と厳しい口調で言った。「荒木荘でございます」。「ちゃう、『荒木荘でございますぅ～』」。「荒木荘でございますぅ～」

「ええか、一つのことをやりながら、次にやることも考え……すぐいつでも動けるようにな。皆、起きてくる時間も食事の時間も、出かける時間も違うんです」

喜美子はのぶ子に食い下がるようにして、一つ一つを毎日必死で覚えた。

皆が出払ったあとの昼ごはんも、残っている仕事を片付けるために、塩むすび一個で済ませたりした。それでも、白いごはんが毎日食べられるだけで幸せである。事あるたびに喜美子は、「草間流や、草間流や」と繰り返し、自分を鼓舞した。自由になるのは、眠る前のわずかな時間だけだった。

その時間、マツが送ってくれたハガキに描きかけだった絵を仕上げて、大きな字で「母ちゃん、楽しいでェー」と書いた。

そして、信楽焼のかけらに手を合わせると、布団にうっぷしたまま、泥のように眠った。


信楽の大野雑貨店では、喜美子から初めて届いたハガキを、マツが嬉しそうに陽子に見せていた。「あらあ、楽しいて書いてあるやん、よかったのう」。陽子は安堵の声をもらし、目尻を下げた。一緒にいた直子は雑貨店の入り口に置かれた電話機をめざとく見つけた。

「あ、電話やんけ！　喜美子姉ちゃんにかけたい！　楽しいなんてずるいやん、文句言うたる！　うちも大阪行きたい！」

「あら、直ちゃん、大阪行きたいんけ」

「信楽にいたないねんな、お父ちゃんに叱られてばっかりやから」。マツが笑う。

「大阪まで電話かけたら、お金がえらいかかるで。汽車賃よりかかるかもしらんなあ」

「ウソやん?」。直子はギョッとする。川原の家には、当然まだ電話などなかった。

「せやねえ、高いからそう簡単にはかけられへん」。マツの言葉を聞いた直子は、プイッと店から出て行った。「気ぃつけて、お父ちゃん帰ってくる前に戻るんやで!」と声をかけると「わかってる!」と駆け出した。

「喜美子みたいにはいけへん、あの子、難しいわ」

難しい年頃やしなあ、と陽子も苦笑する。

日が暮れ始めて、常治が仕事から帰って来た。保と博之の若衆が、後片づけをしている。

「今日もご苦労さんやったな。飯食うてけ」

いやいや、いつもそんな、と二人は遠慮するが、常治は「ええからええから」と二人に強引に飯を勧める。

台所では、その会話を聞いて直子が腹を立てていた。こうして、毎日のように自分のごはんが減らされる。マツがそんな直子に、「あとでお芋さん、ふかしたげるさかい」と宥《なだ》めるのも、日常のことだった。夕飯が済むと、常治はこれまたいつものように、二人を飲み屋に誘った。飲み屋には、先客に大野がいたためか、その日の常治はしこたま飲んでひどく酔っ払った。いつのまにか、カウンターで寝込んでしまった。

「あれ、うちの若いのは?」。目を覚ました常治は、よだれを拭いながら聞いた。

「帰りましたよ、明日も仕事で早いさけ。さっ。わてらも帰りまひょ」

「なんやなんや、付き合い悪いのう」。酒で顔を赤らめた常治は大野に絡む。

「キミちゃん、大阪で頑張っとるんでしょお？　楽しくやってるってハガキ届いたらしいけど、どうですかねぇ。キミちゃんもジョーさんと似て意地っ張りなとこあるさけ」

泥酔した常治を抱えるようにして、大野はとりあえず自分の家に連れ帰った。とろんとした目でここどこや、と見回した常治は電話機を見つけて、ふらふらしながら近づいた。ポケットから小銭と小さく畳んだメモを探し出し、ジー、ジーとダイヤルを回してみた。

「はい、はい、荒木荘でございますぅ」

喜美子だ。確かに娘の喜美子の声だ。常治は声が出なかった。

「もしもし？　……もしもし？」

「もしもし。どちら様ですか。もう、切りますよ。それでは失礼しますぅ」

カチャッと電話が切れた。常治は受話器を握りしめたまま、肩を震わせた。そして、喜美子ォォォォォと泣き出した。水を持って行こうとしていた大野と陽子は、ためらった。強がってはいても、やはり寂しいのだなと大野は思った。

あのまま喜美子ちゃんが信楽にいられたなら……。大野はふいに戦時中のあれこれを思い出した。空には爆撃機が飛びかい、ざざ降りの雨でも歩を休めるわけにはいかなかった。たえず腹をすかしていた。マラリアで幾人もの友が死んでいった。闇夜でも、敵の動向にびくついて熟睡したことなど一度もない。そんな中でも仲間らとひそひそと話をするのは、日本に残した親や妻子、兄弟、姉妹のこと。皆、離ればなれになった人たちを思った。そして大野が帰郷できたのは、今、目の前にいる、常治のお陰だった。生きのびて常治は三人の娘を持った。大野は息子を持った。ずいぶんと長いこと、常治は電話機から離れずに泣いていた。「頑張りィ、頑張りィ」。常治が小さく呟くのが聞こえた。

喜美子が大阪に来てから、一カ月が過ぎようとしていた。仕事にはだいぶ慣れてきて、のぶ子から叱られることも少しだけ減ってきた。

その日の夜、一日の仕事を終えた喜美子は、食堂で一息をついて、前掛けのポケットに入れてあった手紙を取り出した。こうした時間が作れるようになっただけでもありがたい。

その手紙は夕方に、郵便屋さんから受け取ったものだ。手紙は信楽の照子からである。〈高校生活、楽しいで！　キミちゃんに負けんくらい楽しいで！〉と書いてあった。数えると、楽しいという言葉がなんと三六個もある。照子らしいなと思った。白黒写真も何枚か同封されていた。照子がモデルのようなポーズをとっているところを、信作が照子のカメラで撮ったものだ。同級生らにも呼びかけたらしく、制服姿の何人かがポーズをとって、あはははと大口を開けているものもある。それらの写真を微笑ましく見ていた喜美子は、次第にせつなさがこみ上げた。まだ姉さん被りをしていたことに気づいて、頭の手拭いをそっと取った。水仕事で荒れていた手をゆっくり撫でた。

「ただいまー。喜美子さん、まだいるん？」。ちや子が帰り、台所に入ってきた。

「あ、お帰りなさい。お茶漬けしましょうか」

「ええん？　ほんま遅いのに悪いな」

「いえ、こんな時間までお疲れ様です。あ、ちや子さん、私、今日、ついに会えましたよ。田中雄太郎さんに！」

喜美子は、胡瓜や茄子の漬物を手早く刻みながら、ちや子のためにお茶漬けを作った。

「ほんま？　変わっとるやろ」

田中雄太郎とは、荒木荘のもう一人の住人である青年だった。

「最初、三つ子かと思いました」

なかなか会えないことに痺れを切らした喜美子が、半ば強引に雄太郎の部屋の戸を叩いたとき、田中は三回、顔を見せて、なんと三回とも違うカツラを被っていた。その話を聞いて、ちや子は爆笑した。

「雄太郎って前にな、市役所勤めをしとった公務員らしいけど、辞めてもうてな、ああやって閉じこもっととるんや。ごはんも食べたり、食べんかったり、理由はようわからん。けど、喜美子さんに顔を見せたということは……ふむ、何かが変わるかもしれんな。あ、写真？　見てもええ？」

「あ、送ってきたんです」

「すごいやん、おうちにカメラあるん？」

「うちやないです。同級生です、お金持ちの」

そうか、と言って、ちや子は茶漬けをかき込むと、何枚かを手にとった。

「あ、でもうち、ラジオはあります！」

ちや子はやさしく微笑んだ。喜美子はムキになった自分が恥ずかしくなり、「あの、今日も淀川の事件ですか」と、話題を変えた。

「溺死体な、事故やったわ。酔っぱらって落ちたんや。小さいお子さんがおる人やった」

「うちの……信楽の父も、よう飲みます」

「川に落ちちんよう言うてやらんと。お父さん、あんたに大阪に行けゆうたん？　高校行かんと？」

「うち、商売やってて、妹も二人いて、大変なんで。それに、女に学問は必要ないって」

喜美子は無理に笑顔を作ったが、ちや子は顔を曇らせた。

「ひどいな、それ。ア、ごめんな」

「いいえ、うちもほんまは信楽にいたかった。けど、しゃあない。最後は自分で納得して来ました。旅のお伴《とも》を連れて」

「お伴？」

「はい。あ、見ますか？」

　喜美子はちや子を部屋に招き、信楽焼の紅色のかけらを見せた。

「へえ。ええ色やなあ。信楽焼かァ。ねえ、うちの上司に頼んで、どういうあれか調べてもらおか？」

「どういうあれというのは？」

「このかけらの価値よ。古いもんやったら、高い値がついたりするやん。ほんま、きれいやわ」

「それは、お金になるゆうことですか」

「ようわからんけど。ただのかけらやないかもしれんし。今度、うちの新聞社に来てみる？」

「はい、ぜひ！　ほんま、えらい価値あったらどないしよォ」

　喜美子は想像をふくらませて、ニヤニヤした。

「あ、そうだ、ちや子さん、ええ靴、持ってたら貸してもらえませんか。今度、さださんの下着ショーを見に行くんですけど、ブラウスとスカートはあるんですけど、靴が……」

「ええよ、大きさ合うかわからんけど。ちゃんとした格好せんとあかんときもあるさけ、少しはええもん持っとる。このかけら、今度持って来てな、社に寄ってもらえばええよ」

「わかりました。ありがとうございます！」

「喜美子さん、絵が上手いんやね」

みかん箱の机の上にあった、藁半紙に描かれた鉛筆画を見て、ちや子が言った。大きな湖と、山々のきれいな稜線が描かれていた。

「琵琶湖なんです。初めて見たのは信楽に行くとき。海かと思うたほど、おっきくて」

喜美子は遠くを見るような目をした。

「琵琶湖か。ほんまにきれいな絵やわ」


その二日後。喜美子は初めてのお休みをもらって、ちや子から借りたぴかぴかの靴を履いて、下着ショーなるものを見に行った。モデルさんたちが華やかに事前練習（リハーサル）を行っている様子を見たあと、喜美子は、さだに呼ばれて控室に行った。

「キミちゃん、こんなところでアレやけど、今日はお給料日や。今日は帰りが遅うなるから、ここで渡しとく」

そう言われて不意に茶色の封筒を渡された。お給料！　初めてのお給料！　喜美子は天にも昇る気持ちになった。初めて自分の働きでお金がもらえる！　さだが、慌ただしく出て行くと、喜美子はそっと中身を見た。入っていたのは、千円札が一枚。大卒の初任給が六千円ほどと言われていた時代である。あれ？　喜美子は封筒を逆さにして振ってみた。

そこに、「ああ、忘れとった」と、さだが戻って来た。

「キミちゃんな、きちんとしたお給料は、大久保さんがおらんようになってからよ」

「えっ？」

「やっぱり説明不足やったなぁ。キミちゃん、自分の立場いうのわかってる？　大久保さんがおる限り、キミちゃんは、一人前やないでしょ？　見習いや。全部、任されるようになって初めて、大久保さんに渡すお給金も、キミちゃんのものになる」

「あ、はい。そういうことなんですね」

「頑張りィ！」

はい、と答えたものの、帰路、街の雑踏を歩く喜美子の足どりは重かった。もう少し多いと思っていた。最初の給料は全額、信楽の実家に送ると決めていたが、これでは、両親もがっかりすることだろう。道ですれ違う若い女性たちが、急に華やかに見えた。パーマネントをして、落下傘のように広がったスカートをはいている。それに比べて自分は。喜美子はこれまでになくもの悲しい気持ちに襲われた。しばらく俯《うつむ》いて歩いた。けれども、すぐに私は私だ！　と思い直して、ぐいと顔を前に向けた。

その夜、喜美子は部屋で枕を相手に柔道の技をかけていた。大久保、とやあ！　と枕を投げた。大久保、とやあ！　これだけでスッキリするのだから、我ながらなんと切り替えが早いのだろうと、喜美子は自分で自分がおかしくなる。

私には私の人生があるんや。私の人生を生きるんや！　そう強く思った。

気を取り直した喜美子は、台所に戻ると、のぶ子に礼を言った。

「大久保さん、すみません、今日はありがとうございました」

「初めてのお休みやろ、ええわ。それよかこの豆、煮が足りんで。あと二十分煮《た》いとき！」

朝、せめてもと思い、煮ていった豆だった。

「それとな」と言いながら、のぶ子は台所のテーブルに、どさっと大きな箱を置いた。

「なんですか？」

「ストッキングや」

「ストッキング？　女の人がはくアレですか？」

「そや。破れたとこ、直しィ。ここに見本あるわ」

「破れたところ？　えっ。これも荒木荘の仕事ですか？」

のぶ子はそれには答えなかった。

「玄関の、あんな名札やら作るヒマがあるんやったら、出来るやろ」

喜美子は、得意な絵を生かそうと、靴箱に皆の名札を作り、それぞれのイメージに合った花の絵を添えて描いていたのだ。

「これ、誰のですか？」

「裁縫、出来んの？」

「お母ちゃ、いえ、母に一通り教わってきました」

「ほなやりぃ。空いた時間見つけて、素早く丁寧にな」

「これも荒木荘の仕事ですか」と、喜美子はもう一度、聞いた。しかしのぶ子はそれには答えない。「出来るんか、出来んかどっちや？」。「出来ます！」

喜美子は眠い目をこすりながら、黙々とストッキングの直しを始めた。薄い布を縫うのは、意外と手間のかかる仕事だった。翌朝、寝過ごしてしまった喜美子は大慌てで支度をして、台所に走った。案の定、のぶ子はすでに掃き掃除を終えて戻って来た。

「申し訳ありません！　寝過ごしました！　以後、気をつけます」

のぶ子は顎で、台所の隅に置いてあった大きな箱を示した。

「追加や」

駆け寄って中を確認する。またもやストッキングの山だ。

「合間みて、やりぃ」

喜美子は、昼の休憩に入るや否や、その箱を部屋に運び込み、裁縫道具を取り出して、直しを始めた。しばらくして、のぶ子の「雨、降りそうやで！」という声が聞こえた。

「ハイ！」。急いで、洗濯物干場に向かって洗濯物を取り込んだ。

「また持ってくるさかいな」

「えっ？」

翌日、さらにのぶ子から追加されたストッキングの箱を持って部屋に運んだ。さすがに腹立たしくなった。何か解消法はないものか。喜美子はむずっと枕を掴むと、「おおくぼォ～！　とやあー！」と、柔道の技で投げ込んだ。そしてまた、黙々と直しにかかった。

しばらくするとまたのぶ子の声が聞こえる。

「出来たあ？」

「ま、まだです！　だって、こんなぎょうさん……」

「はよしなはれ！」

喜美子は再び、枕を掴むと「おおくぼォ～!!」と叫んで、背負い投げした。何度も何度も投げ込むとすっきりして、また針を持った。耳元で、先日のさだの言葉がよみがえった。

「全部、任されるようになって初めて、大久保さんに渡すお給金も全部、キミちゃんのものになる」

喜美子は立ち上がって「よっしゃッ」と気合を入れ直すと、再び針と糸を持った。

夜が更けて、直したストッキングをきちんとたたんでいると、ちや子が帰って来た。

「お帰りなさい。いつもの食べます？」

「悪いな、頼むわ」

夕飯に焼いて少し余っていた鮭をほぐして、お茶漬けを作った喜美子は、思いきって給料の話を聞いてもらった。

「千円？　そら厳しいなあ」

ちや子は茶漬けをすすりながら言った。

「全額仕送りすると父と話していたんですが、ほんまは、ちょっと思うところがあったんです。もしもたくさんお給料いただいたら、少しだけそこから抜いて、あの、アレしようか思ってたんですけど」

「アレって？　何？」

「下着ショーの事前練習のとき、お化粧を教えていた人がゆうてたんです。元気ないときでも、口紅塗ると、女の人は元気になるって。ほやから口紅を一つ買いたかった」

「そうか、喜美子さん、化粧道具、持っとらんものね」

喜美子は「私じゃないんです」とかぶりを振った。ちや子は茶漬けをすするのをやめて、周りを見渡した。

「え、誰に？　えっ？　え、もしかしてうちに？」

こくん、と喜美子は頷いた。

「ずっとお疲れのようやったし、少しでも元気になられたらと思うて」

「やさしいんやね、喜美子さんは。ありがと」

いつのまにか、春の雨が降り始めた。このとき喜美子はまだ、大久保のぶ子が何を考えているのかを、知る由もなかった。

第四章　うちが嫌いなことは、途中で投げ出すこと

少しだけ慣れてきた大阪の繁華街を、喜美子は歩いていた。当初、お祭りのようだと腰を抜かしそうになった人混みも、それほど怖くなくなっていた。

ちや子の勤める新聞社〈デイリー大阪〉は、道頓堀《どうとんぼり》から少し歩いたところの古いビルの中にあった。のぶ子から用を頼まれてその日、外出した喜美子は、帰りにその新聞社に寄ってみた。ちや子から編集長の平田昭三が焼き物に詳しいと聞いて、御守りにしている信楽焼のかけらを持って来たのだった。「ごめんください」、そうっとガラス戸を開けたとたんに、怒声が耳に飛び込んできた。

「なんやこれは！　書き直しッ！」

白シャツの中年男性が、原稿用紙をくしゃっとまるめてボールのように投げる。あちこちで電話が鳴り響いている。机に向かって唸りながら鉛筆を動かしている人、椅子に寝っころがっている人……室内はひどく空気がこもり、もやもやと煙草の煙が蔓延《まんえん》していた。

「ああ、キミちゃん、来たな、こっち、こっちや！」

大声で喜美子を呼んだのは、ゴムで髪を束ね、シャツの袖をまくり上げたちや子だった。

男たちに交じってきびきびと働くちゃ子は格好よく、なんだか誇らしかった。

「はいはい、どいたどいたッ、お客さんやで。ヒラさ～ん、この前、話した焼きもんの」

挨拶もそこそこに、大切にハンカチにくるんできた陶器のかけらを喜美子が渡すと、平田という編集長は手のひらに載せてじっと見入った。首を傾げた。

「う～ん、価値があるような、ないような？　これやったら大学の先生やな。預かってえぇの？」

「はい、よろしくお願いします」

喜美子は頭を下げた。その視線の先、テーブルに放りっぱなしになった湯呑茶碗が気になった。「おお、それは九谷《くたに》焼、こっちは有田《ありた》焼や」と、平田が得意げに言うと、「ふん、夫婦茶碗の片割れな」と、記者の石ノ原がすばやく突っ込む。

「そうそう、別れたカミさんがこの片割れをな……ってこらっ。いらんこと言わすな！」

「あの、これ、洗てもいいですか？　汚れたまんま、シブが気になって」。つい喜美子は、いらぬ申し出をしてしまった。しかし、それを聞きつけた記者たちが、「ほしたら、わしのもいい？」「僕のも頼むわ！」と、湯呑茶碗を持って詰めかけたので、「ちょっとあんたら！」とちゃ子が止めに入った。

「ええですええです、すぐ終わります。ちゃ子さんのも持って来てください」

喜美子は皆の湯呑をささっと給湯室に運んで、洗い始めた。ついでに台ふきんでテーブルを拭き、あふれ出ていたごみ箱もきれいにした。大机で山崩れしそうになっていた資料も、あっという間に片付いた。見ていた平田は、見事やなあと満足げに頷いた。

その夜、仕事を終えた喜美子は、荒木荘の近くにできた、〈歌える喫茶さえずり〉という店に出かけた。まだストッキングの直しが残っていて気にかかったが、ちや子から一度行こうやと誘われていたのだ。このところ大阪の街には、このような歌声喫茶なる新しい形態のお店が出来始めていた。戦時中は歌どころではなかった。歌が広がるということは、世の中が平和に向かっているという証である。

ドアを開けると、〈さえずり〉はカウンター席と座席、一五人ほどで一杯になるこぢんまりとした店だった。珈琲の香ばしい、いい香りが漂っていた。

「あなたが喜美子さん？　よう来たな。ちや子さんから聞いとる」

ちや子はまだ来ていなかったが、髭面《ひげづら》のマスターが迎えてくれた。一人の長い髪の男がギターを弾きながら唄っている。そのかつらに見覚えがあった。

「あ、雄太郎さんやろ？　雄太郎さんやッ」と、喜美子は声をかけた。男は一瞬どきっとした顔になったが、俯いて唄い続ける。やっぱり変わった人や……と喜美子は思った。そこに大慌てでちや子が駆け込んで来た。

「キミちゃん、大変や！　引き抜きや！」

「引き抜き？　あ、えっ、ちや子さん、引き抜かれたんですか！？」

そういえば、このところ〈デイリー大阪〉の記者が、大手の新聞社に引き抜かれて平田が怒っていると、ちや子から聞かされていた。

「うちやない、キミちゃんや」

「はっ？」

「今日、編集部をきれいにパパっと片付けていったやろ？　あれが気に入られてな、ちょうど雑用やってくれてた子が辞めたところで編集長がうちで雇おうって。お給料な、今のキミちゃんの五倍は出すってゆうてたで！」

「ええーッ！」。喜美子はすっとんきょうな声を上げた。ちや子は唄っている男をチラリと見て、すぐにもう一度、じっくり見直した。

「げっ、雄太郎やないか！　ついに現れたなァ。やっぱりキミちゃんはたいしたもんや」

「えっ？」

「キミちゃんに、姿を見せたゆうとったやろ。三つ子のふりして。あんとき予感したんや。そろそろ世の中に出てきそうやて。そんなことよかキミちゃん、決めなあかん」

給料が五倍？　ゴバイ。ゴバイ。さっきから喜美子の頭には、給料五倍という言葉が、鐘のように鳴り響いていた。

「決めました！　うち、ちや子さんの新聞社で働かせてもらいます！」

「あ、えっ？　もう？　焦ったらあかん。よう考えてな」

「いえ、働かせてもらいます！」

横から雄太郎が入ってきた。

「毎日、ようやってたことが認められたゆうことやな。荒木荘に来て一カ月か？」

「なんや、あんたは」とちや子が返した。

「雄太郎さんこそ、仕事どないしてんの。名画座ばっか行きよって」

「僕のことは聞かんといて」。そそくさと雄太郎は席を立った。

雄太郎は役所を辞めてから、どうやら役者を目指しているようだ、とちや子は気づいていた。前に黒澤明監督の『生きる』という映画を観て勇気づけられた、自分もああいう世界に入りたいと言っていた。『生きる』は確か、市役所を辞めた男の話だった。だが役者になれる人間など、ほんの一握りという世界。現実は厳しいはずだった。

「キミちゃん、でも、本気なら荒木荘には住まれへんよ。そういうことも考えていかな」

喜美子はハッとした。

「ま、お家賃、負担してもらうことも出来るんやないん。強気でいこ」

「そんなん出来ますの！」。声を弾ませた喜美子は、しかしすぐに「あ、お父ちゃん。信楽の父に聞いてみな！」と言った。荒木荘は常治が一生懸命探してくれた就職先である。

「それはええねん、まずはキミちゃんがどうしたいかや」

「ええんですか。父には聞かなくても？」

「自分の人生やで。自分で考え。親元離れて、一人でやってくって、そういうことやで」

ちや子は真剣な目で、喜美子の目をのぞき込むように言った。自分の人生？　その言葉が喜美子には新鮮だった。大阪への就職が決まった後で、中学校の担任の先生がわざわざ川原家に出向き進学を進めたものの、父の常治は、言ったのだ。「恥、晒すようで情けないですが、喜美子は大阪に働きに出て仕送りをしてもらわないと。この子に、それ以外の道はありません」と。それ以来、喜美子は自分の人生について考える余裕さえなかった。そこに、「女に学問はいらない」と言った常治の声も重ねて思い出していた。


それから数日間、喜美子はこれからの身の振り方を考え続けた。夜中、のぶ子から「目が粗い、やり直しやッ」と注意を受けた、ストッキングを繕い直しながら、ずっと夜中も考えた。ある日、圭介が声をかけてきた。「キミちゃん、このところ変やで。何か考え事しとるやろ」。喜美子はハッとした。

普通に振る舞っていたつもりだったが、気づかれてしまっていたようだ。

「僕でよかったら、聞くで」。圭介がぐっと顔を近づけて言った。

「え、あ……」。あらためて見ると、鼻筋の通ったきれいな顔立ちにどきりとした。喜美子は思いきって、荒木荘を辞めようと思っていると打ち明けた。

「そないこと……僕は反対や」

「なんで?」

そこに、疲れきったちや子が帰って来た。喜美子は急いで鍋のとん汁を温め直した。

「新聞社ゆうたら、抜きつ抜かれつの熾烈《しれつ》な世界やろ」

話を察したちや子は、「新聞記者になるんとちゃうで?」と喜美子の代わりに答えた。

「せやけど、ちや子さん見てたら思うで、年頃やのに化粧もようせんと、朝晩、髪振り乱して」

「うちは好きでやってんの! キミちゃん、条件もええしな。お給料、ぐんと増えるし」

「お金か。結局のところそれか」

「あんた素直にそういうこと言うけどなァ、圭ちゃんみたいに、お坊ちゃまで苦労したことない人にはわからんやろけど、キミちゃんは家に仕送りせなあかんのやで」

黙った圭介に、喜美子は屈託なく笑った。

「そうです。お金は大事です。うち、お金ほしいし……お金は大好きです」

「せやけど」と、いつの間にか帰って来た雄太郎が加わってきた。食卓の上にあった塩むすびをむんずと握って頬ばった。最近、雄太郎がやたらと元気に見える。「あ、それ、圭介さんの夜食!」と喜美子は慌てた。

「ええ、ええ。で、せやけどって?」と圭介が聞き返した。

「今、何か言おうとしたやん」とちや子。塩むすびを飲み込んだ雄太郎が話を続ける。

「あぁ、条件がええにこしたことないけどな、僕かて条件ええといわれて市役所入って、働いとったけど……」

　喜美子は次の言葉を待った。圭介とちや子も、じっと雄太郎の顔を見た。

「僕のことは置いとこ」。「置いとくんかいッ」。ちや子は食卓を軽く手のひらで叩いた。

「あんな、どんなにええ条件言うても、職場が合う、合わんはあるで。ここは慎重に考えても、ええちゃうんかな」

　柱時計がボーン、ボーンと低い音で、夜の十時を知らせた。四人は黙りこくった。

「あ、ほんじゃ」と、雄太郎が沈黙を破った。

「一日、就職体験したらどうや。ちや子さんの職場行けばようわかるかもしれん」

「おッ、雄太郎さん、たまにはいいこと言うな。それしてみよか、キミちゃん」

「はいッ、うち、してみたいです！」

　三人の会話を聞きながら、圭介は「まだ、来て一カ月やないか」と、小さく呟いた。

〈デイリー大阪〉の編集局は、ちょうど昼食時で、出前のうどんをすすったり、将棋を指したりする者がいてのんびりした空気があった。のぶ子には、ちや子から「特別に私の頼みがあるから」と伝えてもらい、時間をもらっていた。「うち、嘘ついとる」としょげる喜美子に、雄太郎が励ました。「ええ、ええ、世の中にはそういうことが必要なときもあるんや」

喜美子を見つけると平田は歓迎し、「おお、喜美子さん、ほな、適当に片して」と言った。「ハイ」と元気よく答えた喜美子は、皆が食べ散らかした弁当や茶碗、コップや灰皿を、テキパキと片付け始めた。その横で、「帝銀事件ちゅうのはな」と、先輩記者が後輩に説明している。えらい難しそうな話だなと喜美子は聞きながら、一人一人の埃の溜まった机を拭き始めた。そのときだった。記者の一人が他紙の版を手に駆け込んで来た。

「新産業新聞、来たでェ！　抜かれたでェ！」

平田はかけていた電話を切った。「何ぃ！　また抜かれおって！」「議員辞職！　収賄の疑い!?」「いったん消えた話やで！」。室内が騒然となる中、ちや子は、ひったくるように黒い鞄を手にした瞬間、「裏、取ってきます！」と走り出た。「待てやおらァ、どこで誰にあたるんやッ！」と副編集長が怒鳴った。「手当たり次第や！　どけやおらァ！」とちや子。「待てと言うとんじゃあ！」「待ってられるか、どつかれたいんか！」

激しく言い合いながら、ちや子が駆け出して行く。後輩たちも「援護します！」と追いかけた。喜美子は、荒木荘では見たことのないちや子の迫力に圧倒された。胸の動悸が止まらない。呆然とする喜美子を見て、平田がわざとのんびりと、「お茶頼むわ」と言った。喜美子が淹れた茶をすすると、平田は満足そうに「旨いわ」と言って、語り始めた。

「庵堂はな、仕事が好きなんや。入社してから、並みいる男を押しのけて、女一人。初めての過酷な事件現場も、遺体を前にしても女一人。サツ回りちゅうて、警察回るんでも一人。挙げ句に……」

「……はァ」。「その上……」。「……はァ」。ちゃ子の武勇伝の数々に、喜美子は思わず叫びそうになった。

「どこぞの男の二倍は働く。ブン屋の誇りも人の二倍はある」

「ブン屋の誇り？」

「ブン屋ゆうのは新聞記者のことや。誇りゆうのは、この辺の埃とちゃうで？　好きな仕事やからおろそかにせん、最後まで責任持ってやり遂げる」

「はァ」

「ああ、そやった、預かってた、あのかけらな、信楽焼の……」

平田は話を変えて机の引き出しを開けた。

「先生がな、価値があるないよりも、どんだけ古いかを話してくれたわ。ずっと昔の、おそらく室町時代の焼き物やて」

喜美子は驚いた。中学の歴史の授業で習った。確か、四百年以上も昔の時代だ。

「そんなに古い物ですか」

「わしも詳しくない、けど信楽焼は鎌倉時代からある言われとるやろ」

喜美子は礼を言い、そのかけらを大切にハンカチにくるんだ。信楽から大阪までの道のりを、一緒に来てくれた。信楽の土で出来た人生の友だった。高いのか安いのか、値段なんて、どっちでもいい。自分にとってかけがえのないものなのだ。

荒木荘の狭い食堂には、喜美子と圭介、雄太郎、さだ、のぶ子が揃っていた。なんと雄太郎の銀幕デビューが決まったというのである。雄太郎の見せた台本には『大阪ここにあり』という題名が書かれている。初めて見る映画の台本というものに「すごいなァ」と、喜美子は目を輝かせた。「雄太郎さんが映画俳優？　すごいなァ、信じられんわ」と圭介は言った。

「ヒヒヒヒ、まあ、もともと芸事に興味あったゆうか、才能あったゆうか。亡くなった親父が僕に似て二枚目で」

「お母さん、どないゆうてはる？」とさだが聞いた。

「一人前になるまでは言えるかいな。この役もろても出演料は交通費でチャラや」

「お金。もらえへんのですか、映画俳優って」。喜美子が圭介に聞いた。

「もらえるよ、キミちゃん。もしも売れて人気が出たら、家一軒建つくらいに」

「夢やなァ」。さだは少女のようにうっとりと、あらぬ方向を眺めている。

「そう、夢や。けど今はお金より夢や。カッコつけて言わしてもらうとな、田中雄太郎、お金より大事なものを見つけました」

夢か……。夜が更けて、せっせとストッキングの直しをした喜美子は、ふと描きかけだった絵が気になって、鉛筆で描き始めた。水彩絵具で色を塗りたかったのだが、買えるような余裕はなかった。雄太郎さん、すごいなあ、夢、見つけたんやな。喜美子の胸はほんのりと温かかった。ガラガラと小さく玄関の戸が開く音がして、ちや子が帰宅した。喜美子は慌てて台所に向かった。

「あ、ごめん、やっぱ起こした？」「いえいえ、いつものお茶漬けでもいいですか？」と喜美子は聞いた。

「えええ、今日はなんもいらん。キミちゃん、こんな時間まで何しとったん？」

「絵、描いてました」

部屋に入ってもいいかとちや子は訊いた。藁半紙に、喜美子の好きな金魚草や、おだまきや、菖蒲《あやめ》の花が描いてある。

「菖蒲か。ちょうど季節やな。ほんまキミちゃん、上手やわ。絵描くの好きなんやね」

「はいッ、大好きです。あ、そうや大事なこと言わんと。雄太郎さんがすごいですよ、映画に出はるんです。そういうこと目指してはったんです」

「ほう、雄太郎が。やっぱりな。キミちゃんはどうやったん？　うちの社で働いてみて」

「あ、はい。そのこと、じっくりよう考えました。ちや子さんが、自分の人生や、自分で考え言うてくれたから。うち、荒木荘の皆さんのことも、大久保さんのことも、腹立つことはあっても好きです」

「うん」

「ほやけど、新聞社の雑用ゆうのも、やってみたい。働いてたら、自分がよう知らんようなことを、ぎょうさん知ることが出来ます。大変そうやけど、好きです」

「なんや、好きばっかりやな」

「そうです。どない考えたらええか。ほしたら、嫌いなことはなんやろと考えました」

「嫌いなこと?」

「はい。それは途中で投げ出すことです。うちはまだ、大久保さんに認めてもろていません。だから、ここで荒木荘辞めたら、途中で放り出したことになる……」

ちや子は黙って喜美子の話を聞いていた。

「そういうの、途中で放り出すのあかん、嫌いや。平田さんがゆうてました。ちや子さんにはブン屋の誇りがあるて。それで思い出したんです。いつかお父ちゃんにゆうた言葉」

「キミちゃんのお父さん?」

「はい」。いつであったか、喜美子は常治に向かって叫んだことがあった。女にも意地と誇りはあるんじゃあ! と。

「ほな、荒木荘は辞めんのやな」

「はい。意地と誇りを持って、今の仕事をやり遂げなあかん。大久保さんに認めてもらうまでは。ううん、この荒木荘の、何から何まで目ぇつむって出来るくらいしっかりやれるようになるまでは。あの、すみません、せっかくの」

「ううん、ようわかった。キミちゃんが自分で決めたことや」

「でも、うちにも、他にやれることがある、他にも進む道があるんやて、それがわかったんはすごい嬉しい。力が出ます、前よりずっと、頑張れます」

嫌いなことは、途中で投げ出すことか……ちや子は、まだ二十歳にもならないこの娘の言葉に、静かに心打たれていた。

「月、見よか。ええ月夜や」「はい」

二人は足音をしのばせて、二階の物干し台に上がった。きれいな満月があたりを照らしていた。喜美子は小さかった頃、信楽の縁側で家族揃って月を見上げたことを思い出した。

「キミちゃん。いつかここの仕事、卒業したらな、荒木荘、卒業したら、次へ行き」

ちや子は月から目を離さぬまま、喜美子に言った。「やりたいこと見つけて、やりたい道に進んだらええ」。「はいッ。いつか。お金貯めて……自分で」。「月給千円で貯めるの、厳しいけどな。そやけど頑張りィ」。ちや子の力強い笑みに、喜美子は勇気をもらったようにに思った。

喜美子が、まだ荒木荘で頑張ると決意していたその頃、信楽の川原家では、大変な騒ぎが起こっていた。常治のところの若衆の二人、保と博之が、手伝いに行っていた丸熊陶業を無断欠勤したのだ。初めてのことだった。常治は「すんません」と番頭に何度も平謝りをし、夕暮れの道をリヤカーを引いて家路を辿った。家に近づくと待ち構えていたように、マツが裸足で飛び出して来た。

「なんや、どないしたんや！」。常治が玄関に駆け込むと、直子と百合子が茫然と立っていた。家じゅうが荒らされている。棚や箪笥の引出しが全部、開けっ放しにされていた。台所の鍋釜さえもひっくり返されていた。

「何じゃこりゃあ！」。「せやから、お巡りさん呼びに！」。「その前に、のうなったもんないか見んと！」。常治が怒声を上げた。

マツは仕舞ってあったお金を確認しに、すっ飛んで行った。そして喜美子から送られてきたハガキと封筒を見つけると「あった！　よかった。まだ使わんと置いてあったんよ！」と喜んだ。常治はマツの手から封筒を奪い取って、中身を確認した。

「アホ！　空っぽや！　すっからかんや！」。卓袱台の上のラジオもなくなっていた。傍らで「怖い、怖いぃ」と百合子が泣き出した。

「なんや、どうしたん？　何の騒ぎや？」

おすそ分けにと、筍《たけのこ》を抱え持って来た陽子は、川原の家の異様な様子にたじろいだ。

「えっ、ど、泥棒ッ！　ほなすぐお巡りさん呼ばんと！」

「いや」と、常治は制した。「な、なんでや？　ちょっとうちの人、呼んでくるわッ」と、陽子は走り出た。へなへなと、マツは床に座り込んでしまった。

しばらくして息せき切ってやって来た大野は、常治に詰め寄った。

「何で警察に言わへんのです？　若いもんと連絡取れへんのでしょう？　無断で休んだ上に、連絡も取れへんて！　どう考えてもあの二人が！」

陽子は、夫の肘のあたりを軽く押さえた。「めったなこと……」

「お婆ちゃんの具合が悪いゆうてた……お婆ちゃん、病院かかるよって大変やさかい、なんとかならんかて」

「ほな、ジョーさん、やっぱりやないか！」

「いや、誰がやったかわからん。わからんけどな、申し訳なかったゆうて、返しに来るかもしれん、朝まで待ったろう」

常治とマツは、まんじりともせぬ夜を過ごした。東の空がうっすら明るくなると鳥が鳴き始めた。しかし朝になっても、二人が戻る気配はなかった。

荒木荘に電話がかかってきたのは、喜美子が圭介を学校に送り出してすぐのこと。

「もしもし、キミちゃんか。俺や、信作や！」

「え、信作ッ。どないしたん、やだー、信作ッ！　元気しとる？　なんでまた電話……」

「お姉ちゃん！　お姉ちゃん！」。うしろで必死な声を出しているのは、直子だった。

喜美子は一気に心配になった。嫌な予感が全身を駆け巡る。

「あ、あのな、俺、親の代わりにかけとるんや。キミちゃん、落ち着いて聞いてや」

そう言うと、信作は、事の顛末を一気に説明した。

「ほんで常治さん、今朝早く大阪へ向かった。喜美子んとこ行くから、ゆうとけ言われたんや」すると直子に代わった。

「お姉ちゃんの給料、前借りしに行った！　お金、用意しとけェ言うて」

喜美子は絶句した。まもなくして「おはようさん」とのぶ子が通って来た。

「どしたん？　変な顔して。今朝はこれから絨毯《じゅうたん》のシミをとるで。ああいうのは、こぼしたときすぐ気ィつかなあかん。雑巾、持ってきて」

しかし喜美子は、気もそぞろだ。

「それからストッキングの直しは済んだ？　またどっさり持ってきたさかいに」

「あ、はい……すみません」

シミ抜きを教えてもらい、喜美子は道の掃き掃除を始めた。しかし、いつ父親が現れるか、気が気ではない。ところが朝早く信楽を発っていた常治は、このときすでに到着していたのだった。さすがにためらう気持ちもあって、荒木荘の前でしばらくうろうろし、電柱の陰に身を隠していた。そこに箒を持って出てきたのが喜美子である。我が娘が黙々と掃除し、荒れた手をさすった。常治はせつない気持ちになった。しかし今は、そうも言ってはいられない。気恥ずかしさを隠して強面《こわもて》を作ると「ゴホン！」と咳をした。

喜美子は驚いて電柱のほうを振り向き、一瞬、合った目を慌てて宙に反らした。常治は声をかけそびれた。そこにのぶ子が出て来て、すぐに喜美子の父親だと気づいた。土まみれの地下足袋姿。手に下げた重そうな風呂敷からは、蕪《かぶ》の葉っぱが見えていた。

「キミちゃん、あんたのお父さんやな？　ささ、上がってもらわな。お茶淹れるよって」

「いえ、あ、あの、あの」

「久しぶりやろ、何を遠慮してるの」

上がり込んだ父親を、喜美子は睨んだ。のぶ子がお茶を運んで来た。

「あの……ちょっと近くまで仕事に来ましたよって、あの……」。常治の目が泳いでいる。

「ええ、ええ、ゆっくりしはってください」

「あ、あ……あの、あの、ちちち、父が話があるそうです！」

喜美子は正座して、ぎゅうとこぶしを握った。

常治は、えっと……と言ったきり、言葉に詰まった。何も知らないのぶ子は微笑んだ。

「頑張ってはりますよ、そりゃ最初はどうなるかと思いましたし、ゆうたらまだまだ半人前でっけど。ええお嬢さんですねェ。お給金だってわずかやのに、一言も文句言わんと」

喜美子は唾を飲み込んだ。

「辞めたいゆうようなことも言い出さんと、よう働いて……」

たまらなくなった喜美子は、思わず、「大久保さん！」と声を出した。しかしのぶ子は涼しい顔をして続けた。

「私は、夏にはお暇《いとま》して、奈良におる娘のとこに引越すさかい。それまでにはすべて引き継ぎ終わらせせんと。ちょうどええわっ。今、ついでに言うとくわ。ストッキング」

「は、ストッキング？」と、喜美子は聞き返した。

「さっき追加分を、あんたの部屋に持ってった」。そして常治のほうに向き直った。

「こういう仕事はお給金の昇給はあまり期待できまへん。ある程度で頭打ちですわ。せやさかい合間見ては内職するんです。うちもようやりました。内職で弟の学費半分、稼いだくらい」

「えっ。あれ、内職やったんですか！」。喜美子は聞き直した。

「ストッ、ストッ？　なんじゃ？」と尋ねる常治に「女の人がね、スカートの下に穿くモモヒキのうっすいヤツや」と喜美子が説明した。

「キミちゃん、手先が器用やさかい、縫いもんやらしてみたら、うまいことやりはるんです。そや、昨日、お代金貰ろうて来たで、渡しとこか。一足、十二円や」

「えっ？　十二円！」喜美子と常治は同時に上ずった声を出した。

　喜美子は父を近くの駅まで送って行った。歩きながら二人は、降って湧いたような喜びに浸っていた。百足以上は直したから、一カ月の給料を上回る額になる。まさかの収入であった。

「大久保さんのお陰や。内職、私のこと考えて、仕事ふってくれてたんや」

「ええ人やなァ」。「うん、ええ人やなァ」。喜美子はさっき、のぶ子から渡されたお代を布の袋から取り出すと、「これ、持ってかいさ！」と、常治に渡した。

「全部はあかん、半分でええ」と常治は断った。そして、しみじみとした感じで、「おまえ、しばらく見えへん間に、背ェ伸びたな？」と言った。

「何言うとんの、まだひと月ちょっとやで？」

「ごはん、食べてるんか」

「食べてる。ようして貰うてるからなんも心配いらん。ほな、ここで戻るわ。道、わかるけ？」。「ああ、わかる」

　朝、作業着のままで飛び出して来ただろう背中に、喜美子は「お父ちゃん！」と叫んだ。

「うち、荒木荘で頑張ることにした。大久保さんの後を引き継いで、目ェつむって出来るくらいまで、辞めへん。自分でそう決めた。そうなれるまで、二年か三年か、信楽には帰らん！　盆も正月も帰らん！　仕送りはするさけ」

喜美子の声には熱がこもっていた。一度、奉公に出たら、なかなか家には帰れないといわれた時代でもあった。田舎の町や村から、大きな都会に働きに出て来た者たちは、いつも故郷の懐かしい風景を思い出しながら懸命に暮らした。

「さ、三年……」

「言うとかへんかったら、寂しいやろ？」

「アホかッ。いったん外に出したら、もうおらんで当たり前や、帰って来んでええ！」

常治はくるりと背を向けて駅に向かって歩き出した。顔が涙でゆがんでいた。垂れてきた洟《はな》を手の甲で拭った。


喜美子が荒木荘に戻ると、流しでのぶ子が蕪を洗おうとしているところだった。

「戻りましたッ、うちがやります」

「美味しそうな蕪や。畑でとれたと言うてはったけど、信楽のおうちに畑があんの？」

「ハイ、ちっとでも作らなと思うて、小学校で野菜の作り方教わったんです。じゃがいもや茄子や……。あ、父に、三年は帰らん、言うてきました」

「ほら、そんな洗い方やったら、三年どころか、百年経っても帰れへんで！　ほれっ、水や水ッ。使いすぎや。一回、桶にためて洗いなはれ！」

「あ、すみません！」

「そんなんじゃ帰さんで！」と言いながら、突然、のぶ子は「と……やっ」と、草間流の型の真似をしてみせた。驚いた喜美子は嬉しくなった。

「ちゃいますッ、とやー‼　です」。「こうか、とやー！」。「とやー！」

しばらくの間、荒木荘に威勢のいい掛け声が響き渡った。


時は過ぎて、時代は昭和三十年（一九五五年）となった。

日本の経済はめまぐるしく成長を続けて、大阪の街も活気に満ちていた。二年前からテレビ放送が始まり、街頭テレビの前には人垣が出来ていた。まだ白黒の時代でプロレスやボクシング放送に皆が熱狂していた。

この街に来てから二年半が経とうとしている。喜美子はその秋、一八歳になった。奈良に帰ったのぶ子は、孫を連れてときどき遊びに来たが、荒木荘はもう、喜美子一人の働きで回っていた。洗濯機が入り、洗濯板は必要がなくなってずいぶんとラクになった。洗い物を二つのローラーに挟み込み、ぐるぐると回して絞る。住人の皆が出かけて行った朝、物干し場に布団を干しながら、喜美子は大きく伸びをした。

「ええ秋晴れやあ！」

あっという間の二年半や、と喜美子は思った。圭介は小児科に進むか、外科に進むかを悩みながら、残された医学生生活を送っていた。そして荒木商事は、大手の下着会社に吸収されることになり、さだは独立した。次は下着デザイナーを育成する仕事を始めると張り切っていた。新聞記者のちや子は変わらず取材で走り回り、役者ではまだまだ食べていけない雄太郎は、家賃を滞納していたことで喜美子に活《かつ》を入れられ、歌声喫茶〈さえずり〉でアルバイトをしながら夢を追い続けていた。皆がそれぞれの道を生きていた。

ある夜、早めにちや子は帰宅した。喜美子は食堂で繕い物をしていた。外では秋の虫がりんりんと鳴いている。

「お帰りなさい。あ、今、ごはん温めますよって」

「キミちゃん、これ」。ちや子は、何冊か学校の案内書を渡した。「わァ、ありがとうございます」と、喜美子は目を輝かせた。絵を描くのが好きな喜美子に、ちや子は学校で絵を本格的に学ぶことを薦めたのだった。「男であれ女であれ、学ぶことが大事や」が、ちや子の持論だった。

「美術学校？　キミちゃん、学校行くん？」。バイトから帰って来た雄太郎が好奇心いっぱいに口を挟む。今日は女性の真似をして唄っていたらしく、長い髪のかつらを被ったまま。やけに似合うのでこれがまた面白い。

「まだ決めてません。お金もまだ、貯まってませんし」

「誰かが下宿代、溜めとったからなァ」。ちや子が嫌味を言うと、雄太郎はバツが悪そうに「ほな、名画座行ってきますぅ」と、また出て行った。すれ違いに圭介が帰宅した。

「あれ、ちや子さん、このところ帰りが早いですね」

「うち、また一人辞めた」

「え、また。人は辞める、新聞の売れ行き悪いわで、潰れるんとちゃう？」

「せやから紙面の大幅変更強いられてる。これからはエロい話題も載せようかゆうて」

「こ、子どもの前で、エロエロ……」

「うち、もう一八やで！　でもエロい新聞は反対です！」。喜美子がきっぱりと言う。

「そうやな。けど弱小新聞社の生き残りがかかってるんや」

「はあ。ほんまに大変やな」

「圭介さんは勉強しとればよろしッ！」

「あの、圭介さん、おはぎ残ってます。食べます？」。喜美子は聞いた。

「あ、食べる食べる、キミちゃんの作ったおはぎが好っきゃねん」

「うちは、このしゃもで十分や！」とちや子は齧《かじ》りついた。

「ほんま、ちや子さんは男前やなァ」と圭介は美味しそうにゆっくりとおはぎを頬ばった。

「そういえば、キミちゃん、あの犬はどうした？　ゴンとかゆう」

「犬て？」。ちや子が首を傾げる。喜美子は、少し前からこのあたりをごつい男が、ゴンという名の犬を散歩していること、その犬が荒木荘の前でフンをして、いつも自分が片付けている、けれども怖い顔した男で注意が出来ずにいるということを話した。たちまち憤慨したちゃ子を、圭介がなだめた。

「俺が言うで。任しとけ。明日こそ。迷惑ですッってぴしゃって言うたる！　こうゆうのは、女の子やのうて、男が言うたほうが効くんや」

しかし翌日、待ちかまえていた圭介と喜美子の前に、ゴンを連れて現れたのはごつい男ではなく、若い女性だった。長い髪にすらりとした体、愛くるしい瞳のきれいな顔立ち。どことなく品があった。圭介は言葉を飲み込んだ。女性は圭介と目が合うと微笑みながら会釈をした。圭介も会釈をした。

喜美子はあれ？　という表情で圭介を見た。そしてもう一度、自分の心に向かって、あれ？　と呟いてみた。これが圭介の恋物語の始まりだった。そして、喜美子にとっても……かもしれない。

第五章　恋ちゅうのはなんやろ。おもろいな

「なあ、キミちゃん」。喜美子の作ったおはぎを食べながら、圭介は言った。

「はい?」

「あんなァ、『大阪ここにあり』ていう映画を観に行ったやん、皆で。あれどんな話やったか覚えてる?」

「はい、主人公の勘介《かんすけ》いう人が、千景《ちかげ》さんいう女の人に」

「そう、一目惚《ひとめぼ》れするやん。こう振り向いたらズキーンって。あんなアホなこと、思うたけど、あれや。胸、うずいてたまらん」

「えっ? かゆいんですか」

「違う。これ、恋やと思うんねん。この前の。ゴン……」

「あ、犬! あの人ですか、ゴン連れてた。あの人に恋したんですか?」

「あ。いやいや、その、あの……」。圭介は急に恥ずかしそうに下を向く。

「まかせてください、うちに。うち、応援します。圭介さんの恋がうまくいくように!」

「ええの?」と、圭介は子犬のような目で喜美子を見た。

「はいッ、うちが力になります!」

「わあ、嬉しいわ。キミちゃんのことほんまの、妹のように思うとるで」

妹という言葉に、喜美子はなぜか胸の奥がチクリとした。だが、そのチクッとした意味にこのときは気づかなかった。喜美子は圭介のために、いろいろと作戦を考えた。

圭介はこのところ少しずつ食欲が落ちて、大好きなおはぎもあまり口にしなくなった。気づけばため息ばかりついている。これが、恋煩《わずら》いというものであろうか。喜美子はどうしたものかと思案を重ねて一週間……。しかし思いがけぬ機会が訪れた。すっかり馴染みとなった町内の人に誘われて、神社にぎんなん拾いに行った帰りのことである。

これで、荒木荘の皆に美味しいぎんなんごはんを作ってあげられる。わくわくしながら山のように拾ったぎんなんの実を布の手提げ袋に入れて帰った。そして喫茶〈さえずり〉の前を通りかかったとき、入り口横の電柱に、あのゴンがつながれているのを見つけたのだ。中型の和犬である。ゴンがいるということは、あの強面のおやじか、もしくは例の女性かがいるはずだった。可能性は二分の一……喜美子は意を決して扉を開けた。

あ。カウンターに座っていたのは、強面おやじのほうだった。喜美子はそのまま、そうっと後ずさりして帰ろうとしたが、マスターの「いらっしゃい！」という笑顔で、引き返せなくなった。そおっと、片隅の椅子に腰かけた。店の奥で、雄太郎が皿洗いをしているのが見えた。今日はどうやら短髪の地毛である。そのときだった。一人の女性が慌ただしく店に入って来た。

「お父さァ〜ん」

「おぅ、あき子、来たか」。強面の男が振り向いた。父と娘なんや、と喜美子は思った。

「ねえ。お婆ちゃんが持ってきたあれ、お断りしてもええかしら？　気乗りせえへん」

「見合いか。ええで。わしも、あき子にはもっと他にええ男がおるんちゃうか、ゆうてたんや、つまらん男は断れ、断れ」

「よかった。ほな、そうします」。あき子という女性はくるりと背をむけた。

「どこ行くねん」

「玉ちゃんと買い物や。ほな、行ってきます」

去り際に、女性はチラリと喜美子を見たが、それ以上は気にもとめずに出て行った。犬の散歩道にある下宿屋の女中など、目にも入らないのだろう。通りすがりに白粉《おしろい》のいい匂いがした。

「あ、あの、あの」。喜美子は思いきって男に声をかけた。

「誰や、あんた」。ドスのきいた声だった。

「あの、あの、うちは、すぐそこの荒木荘に住んでるもんです。そ、それで、同じとこに下宿しとる酒田圭介さんいう学生さんが、あの、さっきのお嬢さんを気に入られて……逢《あ》いたいとゆうておりまして」

「ケースケ？　誰や。ほんで、あんたは何者や」

「ほやから荒木荘に」

「そのケースケゆう男と、どういう関係や」

「とてもええ関係です。三年前の春からそりゃもうようしてもろて」

「はあ？　三年前から関係が続いとるんか！」

「ちゃう、ちゃう、ちゃいますッ、この子は女中さんや。荒木荘のお手伝いさん」

見かねて雄太郎が横に入ってきた。荒木荘の住人たちは皆、圭介の恋心とやつれた様子を知っていて、どうしたらよいか協議したばかりだった。

「なんや、皆してどたばたと。そうか、つまり見合い話を頼まれてきたんやな。せやったら、しかるべき人を立てなはれ。話はそれからや」

「しかるべき……」。喜美子は困った。

「あ、あの圭介さんは、医学生です。医者を目指しとる人です」と、すばやく雄太郎は言った。

「そうです、やさしくて真面目で、甘いもんが大好きで、うちの作ったおはぎなら何個でも！」

「はあ？　まあええわ。まずは仲人《なこうど》立ててからや。マスター、ごっそうさん」

男はカウンターに珈琲代を置いた。喜美子は焦った。

「あ、あ、あの、これッ、今日、うちが拾うて来たぎんなんです。お嬢さん、ぎんなんごはん、お好きですか？　これ渡してください。わからんようだったら、うち上手に炊けますけ、お嬢さんに荒木荘に来てもろてください！」

喜美子は強引に、男の手にぎんなんの入った袋を手渡した。「けったいな子やな」と言いながら男が帰ると、マスターが「そういうことかいな」と愉快そうに笑った。

「マスター、あの人は？」と、雄太郎が尋ねた。

「泉田《いずみだ》工業の会長さんや。息子に後継がして今は悠々自適やゆうてたなァ」

「最近、越して来はったん？」

「でかい家に住んでるでェ」

事が起こったのはその後すぐだった。帰宅した圭介に喜美子は今日の成果を報告をしていた。

「あき子さんいうんかァ、ええ名やァ」と、圭介は顔を赤らめてぽうっとした。そのとき、玄関で「ごめんください」と女性の声がした。「はーい、どちらさん」と、喜美子が出て行った先には、ワンピースに薄桃色のカーディガンを羽織った泉田あき子が立っていた。

「あの、こちらに医学生の、圭介さんいう方、いはります？」

「い、いたはりますぅ！　待ってください！　今すぐ！」

食堂に走った喜美子は、今まさに玄関にあき子がいることを伝える。「ええッ！」。動転した圭介は髪を撫で、「き、今日、授業で解剖やってん、消毒、消毒くさない？」と、腕のあたりをくんくんした。「ないない、ないからはよっ！」

食堂へやって来たあき子は丁寧に「はじめまして」と挨拶をした。

それからひとしきり、二人は楽しそうに話をして笑い合った。ええ感じやなあ、と喜美子はにこにこしながら聞いていた。

「こんな話しやすい、ええ人やったなんて」と、あき子は顔を上気させて言った。

「あの、おはぎ、どうです？」と喜美子は勧めた。

「ああ、あんこが嫌いなんです。もう見るのも嫌。よう作らはりますの？」

「はい。圭介さんが大好きなんで」

「いやいや、せっかく作ってくれるから仕方なく食べてるだけで、そんな好きってわけやなく……」

圭介の調子のよさに喜美子はびっくりし、少しだけ抗議の目を送った。

「キ、キミちゃん、お茶、淹れてくれるかな？」。「あ、気がつかなくて、すみません。今、淹れますよって」。「私、珈琲がええけど」。あき子は言った。

「あ、あの、すみません、ここ、珈琲がなくて。今度用意しときます」

「ないの？　ほな、外に出ます？　ごはん食べます？　もっとお話ししたいんです。ハンバーグの美味しい洋食屋さん知ってますわ」

「ハンバーグ？　そんなハイカラなもん」。圭介は言った。

「行きましょうよ、お連れしたいわ。そのあと、ダンスホールにも行きましょ！」

あっけないほど話が進んで、二人は出かけた。荒木荘が急にしんとした。こんなに静かだっただろうか……さだやちゃ子、雄太郎の帰りが待ち遠しかった。

陽が落ちて、さだ、次いでちゃ子が帰宅し、それぞれお風呂から上がったあと、喜美子はさだに、「あの、ハンバーグいうものの作り方、知ってます？」と訊ねてみた。さだは、「ああ、あれか。確か挽肉《ひきにく》に玉葱《たまねぎ》炒めたんを混ぜて、フライパンで焼くんちゃう？　のぶ子さんは洋食よう作らんかったからなァ」と言った。ちゃ子は「キミちゃん、なんやいきなり。うちはお茶漬けや煮物や、魚煮《た》いたんで十分やけど」と、訝《いぶか》しげな表情をした。

喜美子は、昼間あった一部始終を二人に話した。そこに雄太郎が「疲れたあ」と帰って来た。あき子の来訪を知ると、やっぱりなあと頷いた。

「五文字の威力や。い・が・く・せ・い。女はやっぱりそういうのに弱いねん。僕かて五文字のときは見合いの話、よう来たわ。今はさっぱりやけどな」

「そっか、こ・う・む・い・ん！」。ちゃ子が指折りしながら、ははと笑った。

「圭ちゃんも、これでちょっとは勉強に張り合い出るんちゃう。堅いとこあるさかい、多少の色恋も必要や」。さだが茶漬けをすすりながら楽しそうに言った。

「あ、キミちゃん、僕にも茶漬け頼むわ。肉じゃがもうまそうやな」

「……」「キミちゃん？」。喜美子は流し台の前に立ったまま、心ここにあらずで考え込んでいた。三人は思わず顔を見合わせた。

　夜遅く、上機嫌で圭介が帰って来た。

「何もかもキミちゃんのお陰やァ。おお、可愛い妹よォ～、お休みィ～」と、喜美子をぎゅっと抱きしめて二階へ上っていった。喜美子はまた、胸がチクリとした。圭介が脱ぎ捨てた靴を片づけながら、またぼうっとした。そこに、「郵便来てへんかったァ」と雄太郎が下りてきた。「あれ、電話鳴った？」と、さだも来た。ちや子も水を飲むふりをしてやって来た。喜美子は、ようやく三人の様子が変なことに気づいた。

「皆さん、うちのこと……」

「そりゃ、そや。心配するわ。キミちゃん、自分の気持ち気づいてる？　ほんまにわからんの？」と、ちや子が腕組みをする。喜美子は目を見開き、急に言葉を発した。

「あき子さんて人、今日、おはぎ嫌いゆうた。お茶じゃなくて、珈琲ないのんってゆうた。……草間流で投げ飛ばしたろう思いました。さっきも圭介さんが浮かれた様子で帰って来はったんで、何、浮かれてんねん。このポンコツって！」

「ポンコツ！」ちや子が笑い、「やっぱり……恋やな」とさだが言う。

「今までにない気持ちで、哀しくもなります、寂しい気持ちにもなる。気持ちが忙《せわ》しい。恋ちゅうのはなんやろ。おもろいなァ」

「僕かて、大失恋したことあるで」

「へえ、雄太郎がか。うちなんか、結婚までいった相手に逃げられた。一年、泣き暮らしたわ」と、さだも突然の告白をする。

「そうやったん。ちや子さんはないやろなァ」と雄太郎が言った。

「あるわ、うちかて死ぬほど好きになった人、いたわ。実らんかったけどな」

「ほんまか、意外や」。「うるさい、ボケッ」。「人の世ゆうんは、そういうもんやろ」と、急にさだがしんみりと言った。

「誰かて、いろんなことあるんや。胸の奥にしまっとるだけや」

四人はしばらく黙りこくった。喜美子は、人を恋するという感情を初めて知ったのだった。「でも、圭介さんの喜んでいた顔見たら、うちも嬉しかった！」とそれまで複雑な表情をしていた喜美子は、ぱあっと晴れやかな笑顔を見せた。

「……なんや、夜、冷えるようになったなァ」。ちや子が手をこすり合わせた。その言葉を聞きながら、喜美子は、そろそろ火鉢を出さなくてはと考えた。


あき子はゴンの散歩と称して、頻繁に荒木荘の前を通るようになった。郵便受けを見たり、掃除をしている喜美子に会うと、「こんにちは。今週も会うんよ」とわざわざ知らせてくれた。「はい、聞いてます。今度は関西百貨店に買い物行かはるて」。それを聞いてあき子は額を曇らせる。「圭介くん、なんで一々あなたにゆうんやろ」

「あ、いえ、ごはんのこともありますよって、お昼いらんて言われました」

するとあき子はパッと明るい顔になった。

「あァ！　女中やもんねェ。予定伝えとかなあかんのね。ふふ、そらそうやねェ。ほな、ご苦労さまですぅ、失礼します」と、軽やかな足どりでゴンの散歩を続けるのだった。喜美子は、そんなイヤミも意に介さない。実は、あき子のお陰で圭介との距離は以前よりも近くなっていた。無邪気にデートの相談をしてくる圭介を、可愛いとさえ思った。


そんな圭介から、荒木荘を出て、学校の寮に移ると聞いたのは、それからしばらく経った雨が降り出しそうな日曜日だった。喜美子は押入れから火鉢を出して、雑巾で埃を拭いているところだった。

「なんでですか？　なんで荒木荘出なあかんの？」

「小児科医になる決めたんや。国家試験に向けて勉強に集中したい。それと」

「それと？」

「キミちゃんは、恋したことあるか？　勝手なこと言われたら腹立つし、何言うてんねんて突き返したい。せやけど、好きな人の嫌な顔、見たない。しょんぼりされると胸が痛いんや」

圭介は、少し前のあき子との喧嘩を思い出していた。

あき子は、圭介がデートの服を喜美子に選んでもらっていると知り、「女中なんかに選んでもろてる。親しすぎる、頼りすぎやわ。女中は女中やん！」と声を上げたのだ。

「女中、女中言わんといてくれ！　キミちゃんは妹のようなもんや」と、圭介は言い返した。するとあき子は涙を溜め、やがて小さく「やきもちや、ごめんなさい」と謝った。

プライドが高く、激しい気性のところもあるけれど、やはり愛おしい人だった。

「彼女が、あき子がここを出てほしいゆうから。出ることにした」

あき子……。喜美子はせつなさを隠して、無理やり笑顔を作った。

「なんや、うち、圭介さんが荒木荘を嫌になったんかと思うてびっくりしただけです」

「嫌になるわけないやん。それに、キミちゃんのことは妹みたいに大事に思うてる」

「ありがとうございます！　うちも圭介さん、大好きや！」

「キミちゃん、美術の学校に行くんやてな。ちや子さんから聞いた。頑張ってな」

喜美子は、初めて圭介と出会った日のことを忘れていなかった。同室の住人と勘違いした喜美子に「僕と、ここで暮らすと思うたん？　可愛いなァ」と、圭介は言ったのだ。あのときからほのかに、圭介が心に住みついていたのかもしれなかった。

圭介は、喜美子が拭いていた火鉢に視線を落とした。

「これ、信楽焼きの？」

「はい、うちの故郷の」

「立派できれいや」

その一週間後、圭介は皆に見送られて引越して行った。喜美子は心を込めて作ったおはぎを、竹の皮で包んで渡した。そして、犬のゴンの散歩コースも変わってしまったようだ。

喜美子の初恋らしきものが、終わった。

その秋、喜美子にはもう一つの変化があった。さだから着物の着付けを教わるようになったのだ。着付けを覚えたら、人に教えることもできる、お小遣い稼ぎにもなるとさだは言ってくれた。のぶ子が残してくれたストッキングの繕い仕事の内職は続けていたが、学校に通う資金にはまだまだ足りないだろうと、さだは考えてくれたのだ。

「よし、ほな今日はここまで。次回は袋帯、教えるで」

「はい、ありがとうございました！」

翌日、奈良から久しぶりにのぶ子がやって来た。この日、喜美子が美術学校の見学に行くと聞いていた。のぶ子は、喜美子が火鉢にかけた鍋で煮ていった豆の味見をすると「ふん」とだけ言った。さだが「ふん、て？」と聞いた。

そしてさだが見せた、荒木荘の帳簿を開くとまた、「ふん」と言った。「ふん……。やり繰りも上手にやってる。雄太郎もちゃんと家賃払うようになったし、お豆さんもよう煮付けてるで。お豆さんはな、そう、あの子は火の調節するんは、初めっから上手やったわ」

「ほなもうあの子を認めてあげたら？　三年目や。一人前のハンコ押したげたら」

「ハンコ押したら、あの子、荒木荘、卒業してしまいますやん」

「あ……」

「寂しおますやん」

その気持ちはさだも一緒だった。のぶ子が持って来た奈良漬けをお茶請けに、二人は黙ってお茶を飲んだ。

「あ、のぶ子さん、来てはったんですか！」

喜美子がバタバタと学校見学から戻って来た。

「どうやった、学校？」と、さっそくさだが聞いた。

「美術に力入れてる夜間高校も見ましたけど、中淀《なかよど》の梅澤《うめざわ》美術研究所ゆうとこが、いろんな芸術家が講師に来るゆうて面白そうやなって。そこやったら週三回の絵画コースゆうのがあるんで、荒木荘の仕事と両立が出来ます」

「え？　荒木荘、やめへんの？」。さだは嬉しそうに言った。

「辞めたら食べていけへん。両立させてもらうつもりです。駄目ですか」

「大歓迎やッ、ここから学校通うの、応援するわァ、なあ？」。のぶ子は仏頂面をしながら、お腹の中で思いきりほくそ笑んだ。「ほな帰りまっせ。しっかり働きぃ！」と、荒木荘を後にした。

広い会場の入り口には、楽屋花や胡蝶蘭《こちょうらん》が華やかに並んでいた。現代美術を代表する個性的な油絵が飾られている。その奥に、作者であるジョージ富士川《ふじがわ》のサインを求めて、多くの人が列をなして並んでいた。ちや子に薦められて、喜美子もこの個展に出かけて来ていた。世界的画家といわれる富士川は、喜美子が通うと決めた梅澤美術研究所の特別講師に、来春から就任することになっていたこともあって、見ておこうと思ったのだ。相当な変わり者と聞いていたが、目の前にいる富士川は大阪弁の気さくな人で、喜美子は逆に驚いた。喜美子の番が来て「あの、私、来年から梅澤の絵画科に通おうと思てます！」と話しかけた。すると富士川は「はいな、またお会いできますねえ。基本を学ぶことは大事なことやな」と、にぃと笑った。前歯が欠けていた。

そこに、美術商だという男が割り込んで来て、広東語で「ぜひ香港でも個展を！」と、強引に話しかけた。「ちょっと、割り込まないで！」と、傍らにいた通訳の男性が、やはり広東語で注意した。「あ、ごめんなさい、お名前どうぞ」と彼は言った。「はい、川原喜美子言います。喜ぶに……」

「川原……喜美子？」。通訳の男性は喜美子の顔を見た。喜美子も目を合わせた。

「え、あッ、もしや草間さん！」

「キミちゃん？　あのキミちゃんか！」

「草間さんやあああァ！」

別れてから何年経ったのだろう。再会が奇蹟のように感じられた。

「キミちゃん、これが終わったら、お茶でも飲もう。ちょっと待っててくれるかな」

「はい、はい、なんぼでも！」

受け取ったジョージ富士川のサインには、〈自由は不自由やでェ〜〉と書いてあった。


それから二時間後、草間は、喜美子に連れられて〈さえずり〉にいた。仕事の合間を縫って駆けつけて来たさだに、雄太郎が言った。「こん人があの、草間流柔道さんやて！」。さだは「うわァ！」と感激して大声を出した。

「おたくが草間流柔道さん！　キミちゃんからあなたのお話、よう聞かされましてなァ。どんな人かと思うてたら……シュッとしてる！　ハハハハッ」

「僕ももっと、ごつう人かと思うてた」

雄太郎も笑い、草間は苦笑している。「ちや子にも会わせたかったな、いっつも忙しさかい」とさだは言って、「ほんじゃ、ゆっくりしてってな。一日、会えてよかったわァ」と急いで仕事に戻って行った。そして雄太郎も、「これから新しい映画のオーディションに行くんや」と、出かけて行った。

二人になった草間と喜美子は、懐かしそうに互いを見やった。

「そうか、信楽を出てから、ずっと荒木荘という所で働いていたんだね」

「はい。いろいろあったんですけど、もう三年、帰ってません。今は仕事にも慣れて」

「うん、もう聞かなくても十分。今の感じでわかったよ」

「え、そうですか」

「皆によくしてもらってるんだね。頑張ったんだね」

「はい。皆、ほんまにええ人たちで。草間さんはどうです？　あれからどんな？」

草間は、東京に帰ってから通訳の資格を取ったこと、今回は、香港で美術商をやっている人に通訳で呼ばれて来ていることなどを話した。

「さっき、会場でキミちゃんのとこに割り込もうとした人、あの人がそうだよ」

「そうやったんや」

「キミちゃん、絵の学校に行くとさっき話していたね」

「はい。荒木荘で働きながら通うんです。来年から富士川さんが先生で来られるんです」

「そうか。キミちゃん、小さいときから絵描くの、好きだったからね」

「はい、大好きです。あ、そういえば草間さん」

「ん？」

「奥さん、探してるいうてはった。それで東京に行ったはずじゃなかった？」

「……」

「終戦のあと、離れ離れになったままやゆうてた。写真、見せてもらったの覚えてます」

草間は、胸ポケットからあの日と同じ写真を取り出した。あの日よりも色褪《いろあ》せていた。

「これや！　きれいな人やん！」

「え、あのときは、まあまあやなって。キミちゃんもお世辞を言うことを覚えたんだね」

「やめてください、ほんまにきれいな人です。やさしそうや」

最近、余計に思い出すことがあるのだと、草間は小さく笑った。その笑いから、喜美子はまだ探し出せていないことを悟った。あれから草間がどんな思いで生きて来たのだろうと想像すると、せつなかった。

「お店を……」と、草間は言いかけた。「お店？」

「……お店をやろうって、話してたんだよ。お客さんが七、八人でいっぱいになるような小さなめし屋を」

それは、草間が満州にいた頃に夫婦で話した夢だった。

「当時は一緒になったはいいけど、二人で過ごす時間がほとんどなかったんだよ。それでいつか満州を引き揚げて日本に帰ったら、二人でお店をすれば、ずっと一緒だねって」

「そういうことかァ、なんや、のろけやん。草間さん、焼き飯とか作れるんですか」

「作れないよ、今も昔も」

「あかんやん、奥さんの夢、叶《かな》えてあげられへん」

草間は珈琲をゆっくり口にした。

「叶えてやれなかった、その夢を……向こうは叶えてた」

「え？」。喜美子は、草間の言う意味が呑み込めなかった。

「この近くの商店街のはずれで、小さな店をやってる……」

「あっ。奥さん、生きてたんッ⁉　よかった！　無事やったんやね！」

マスターが、チラリとこちらを見た。

「……別の人と」

「別の人？」

「別の男と」

喜美子はかける言葉を失った。何をどう話したらよいのかわからなかった。「満州から引き揚げてくるのが遅かったのかな」と、草間は呟いた。「もう、僕が死んでしまったと思ったのかな。別の人と暮らしていた」

知らずに何年も探し続けて、事実がわかってからも、誰にも言えずにいたのだと、草間はポツポツと話した。そして、「ごめんな、馬鹿みたいな結末で、がっかりさせたね」と、喜美子にやさしく微笑んだ。しかし、すぐに悲しみの影が顔におおい被さった。「戦争があかんのや、草間さんのせいなんかやない」。店に、新しい何人かの客が入って来て「マスター、唄うでぇ、歌詞くれや」と楽しげに言った。「今日は、こいつの歓迎会や、思いっきり唄うでぇ！」

たった今、悲しい話を聞いたばかりなのに、世間は違うところで動いている。個人の悲しみなど他人には測り知れない。喜美子は強い目をしてキッと前を向いた。

「草間さん、晩ごはん、どうします？」

「ごはんか、せっかくだからキミちゃんの食べたいもの、ご馳走《ちそう》するよ！」

「うち、行きたいとこあります。ええですか」

二人は〈さえずり〉を出て、歩き出した。心なしか草間の背が小さく感じられた。

「草間さん、背ぇ、縮んだ？」

「はは、キミちゃんがでかくなったんだ。会った頃はまだこんな小さかった」

そうだろうかと喜美子は思った。あの頃の、柔道を教えてくれていた頃の、強くて、たくましかった草間が消えてしまったような気がした。

「あの頃、草間さんの顔の向こうに、星が光って見えたわ」

夜が始まっていた。「ほな、行きましょう！」商店街をずんずん歩いた。

「どこ？　なんていうお店？」

「名前はわからんけど、草間さんの奥さんがやってるお店です」

「え、キミちゃん、それはないよ！」。草間は慌てて、喜美子の前に立ちはかだった。

「いいよぉ、言いました。男に二言はあってはなりません」

「ちょっと、キミちゃん、だめだよッ、キミちゃん！」

「とやー、とやー！」と喜美子は掛け声を上げながら、草間の背を強く押した。すれ違う人たちが驚いたり。笑ったりした。そして商店街のはずれに辿り着いた。

「どの辺ですか、行ったことあるんでしょ？」。「いや、見かけただけだから」と草間の声がぐらついた。「声、かけんと帰ってきたんですか」

「声かけたって仕方ないだろう。向こうはもう何年もその人と一緒に暮らしてるんだ」

「ほな、顔合わせへんまんま？　何も言わへんまんま？　ずっと探してたことも？　そんなんで。このままでええんですか」

「何度も何度も、考えて。それで、もういいって」

「ええわけないでしょ！　そんなの、草間流柔道の名に恥じるわ」

「キミちゃん、こういうことは勝ち負けじゃないから」

「違います。心が負けてます。先生に礼！　お互いに礼！　そう教えてくれたんは草間さんや。どこですか、行きます」。喜美子の真剣な表情に、草間の心も動いたようだった。

「そうだよね。それでいつかカタをつけなきゃいけないと思ってた。行こう。彼女、里子っていうんだ。会ったら、背負い投げして、警察沙汰になるかもしれないけど」

「えっ、ややや、落ち着いてください！」

「キミちゃん」と、草間は冷静に言った。

「これは夫婦の、大人の男と女の問題だよ。キミちゃんは黙っていて。何があっても、何が起こっても黙っていて。いいね？」


こぢんまりしたその店に、まだ客の姿はなかった。レジに女性がいて、釣り銭を確認していた。肩の細い人だった。写真の女性と同じだ。少し年をとっていたが、その面影は変わらない。

「いらっしゃいませ！」と顔を上げ、草間を見たとたん、里子という女性は目を見開いた。そして、「あ、ご一緒ですか」と、喜美子のほうを見た。喜美子は一瞬、どうしたものかと戸惑って、「あ、いえ、あの、たまたま今、一緒に入っただけですんで」と、どぎまぎしながら答え、草間とは別の席に行って座った。

草間は腰を下ろすと何事もなかったかのようにメニューを手にした。里子は水を運んで来てテーブルに置いた。白い華奢《きゃしゃ》な指だった。「焼き飯をください」と草間は言い、「はい」と返事をした。「あ、あの、私も焼き飯を」と、喜美子も続けて頼んだ。里子は厨房《ちゅうぼう》に向かって「焼き飯二つ、お願いします」と、告げた。「はいよ！」と男の声がしたが、姿までは見えなかった。

　草間が立ち上がった。あ！　喜美子はいよいよ修羅場が始まるのだろうかと、ぎゅっと目をつむったが、草間は静かに新聞を取りに行っただけだった。だんだんと客が入って来て、里子は応対に追われた。やがて運ばれてきた焼き飯を、草間は淡々と食べた。

　厨房の男が作ったであろう、焼き飯だ。喜美子はどきどきしながら、自分も口に運んだ。美味しい。そこに里子がやってきて「飴《あめ》ちゃん食べる？」と、テーブルに飴玉を置いた。

「いつもはお子さまに渡してるんやけど、よかったら」。喜美子はぺこりと頭を下げた。

　すると里子は何を思ったか、もう一個、飴玉を持ってきてテーブルに置いた。食べ終わった草間が立ち上がり、レジに向かったので、喜美子も飴玉をつかんでレジに向かった。

勘定を払おうとしていると、常連らしい母娘がやってきて、里子に声をかけた。

「こんばんはァ〜、里ちゃん、つわりはどお？」。草間は一瞬、手を止めた。

「つわりよ、つわり、そろそろ気持ち悪るうなる頃やん」

「あ、まだ、そんな」と、里子は目を伏せた。

「そお？　うちはひどかったさかいなァ」

「そうなん？」と娘が言い、二人は空いている席に向かった。

「ありがとうございました」

　草間から代金を受け取った里子は、目を伏せたままレジを離れた。

喜美子は悔しさに、唇を噛んだ。何か言ってやりたかった。けれども、「何があっても黙っていろ」と言った草間の気持ちに従った。

店を出ると、初冬の夜風が耳もとを吹き過ぎた。

「また会えますか」と喜美子は聞いた。「会えるよ、元気で頑張っていれば。そうだ、住所」と、草間はもそもそと名刺を取り出した「楽しみです。お手紙、書きますよって」。「絵の勉強、頑張るんだよ。しっかり基礎を学んで」。「はいッ！」

喜美子は飴玉を口の中に放り込んだ。草間にも渡そうとしたが、微笑みながらその飴玉を拒否した。喜美子はその飴玉を、夜空に向けて放り投げた。空から落ちてきた飴玉をキャッチすると、また空にぽーんと投げた。

店では、里子が草間の去ったテーブルを片づけていた。読んでいた新聞を仕舞おうとして、紙が挟んであることに気づいた。そっと引き出すと、それは離婚届だった。すでに草間の名前が書いてある。懐かしい文字だった。里子が再婚して、この街で暮らしていると知ったときから、草間は悩み続けて、署名をしたものを持ち歩いていたのだろう。どんな気持ちだったろうか。そこには、小さなメモも添えられていた。

〈幸せに　宗一郎〉。里子は、唇を押さえて嗚咽《おえつ》した。

第六章　荒木荘、卒業させていただきます

マツが倒れたと、信楽の常治から荒木荘に電話があったのは、喜美子が草間と奇蹟的な再会を果たした翌朝のことだった。「すぐに帰って来いッ」と電話口で常治は怒鳴った。

朝ごはんを食べていたさだは、ただならぬ喜美子の様子に「どないしたんッ？」と、寄ってきた。「お母ちゃんが、倒れたって」

「えっ、ほなすぐ帰りッ！　今、のぶ子さんにも知らせるよって。荷物まとめえな、ええっと汽車の時間は……」

さだは、てきぱきと指示した。雄太郎も起きてきた。しかし、ちや子の姿はない。

喜美子は三年前、信楽から出て来たときに持ってきた鞄に、必要なものだけを詰めた。すぐにここに帰ってくるつもりだ。だから、御守りの信楽焼のかけらは置いておくことにした。荷造りをしながら、ちや子のことが気になった。無断で外泊などしたことがない人だった。「なんか会社で揉めたみたいやで」。雄太郎の言葉がいっそう心配をつのらせた。

「ええから、キミちゃんは今、お母はんのことだけ心配すればよろし！　はよッ！」

「ほな、留守にさせていただきます。よろしくお願いしますぅ。あの、あの、大根のきんぴら、作りかけやさかい、のぶ子さんに言うてください！」

「ええから。こっちのことはもうええから」。さだと雄太郎に見送られて、喜美子は駅へと急いだ。汽車に乗ってもマツの容体が気が気ではない。ゆっくりと車窓を流れていく景色を見ることが好きな喜美子も、このときばかりは目に入らない。そして、ちや子のことも心を重くした。

喜美子の心配通り、ちや子は、非常事態に追い込まれていた。その日、〈デイリー大阪〉に出社したとたん、きれいに片付けられた平田編集長の机が目に入った。「ちょっと、何これッ、なんでヒラさんの机、片したんの？　ちょっと、石ノ原！」。原稿をチェックしていた編集員の石ノ原は面倒くさそうに言った。

「ヒラさん、産業新聞に引き抜かれて辞めましたよ」

寝耳に水だった。

「やっぱりお前は聞いてなかったんか」

「……みんな、聞いてたん？　え、知らんかったんうちだけ？」

「俺らも来週には、よそに移るで。な？」。石ノ原は、隣の記者に言った。

「ちや子さんと違うて、こっちは生活かかってるんで」

「うちかて、生活かかってるわ！」。「女と男はちゃうわ」。「何がちゃうねん！」

「お前、結婚せえ」

「はっ？　今、なんてゆうた？」

「俺やないで、ヒラさんがそうゆうてた」。ちや子は耳を疑った。

「ほんまや。結局、女はどんなに仕事頑張っても、家庭に入るまでの腰掛けや！」

そういえば数日前、横町の飲み屋で一杯やりながら、平田が急に神妙な顔になって言っていたのを思い出した。

「おい、お前も身の振り方を、考えておいたほうがええで」

ちや子は、平田が酔っぱらっているのだと思った。

「何をゆうてますのん。ヒラさんに認めてもろたお陰で、今のうちがあるんです。うちはヒラさんについて行きます。辞めません！」

でも、ヒラさんのあの言葉は本気だったのだ……。ちや子はガッと鞄を掴むと、外に出た。誰も止めなかった。いつもの通りが違ったものに見える。悔しさが湧いて出た。無性に悲しかった。ちや子はとめどなく、大阪の街を歩き回った。


「そろそろや、喜美子がそろそろ着く時間や」

川原の家では常治が落ち着きなく、うろうろしていた。「何を作っとんねん。はよ寝んか」。マツは台所で、肉のない肉じゃがを作っていた。「なんでうちが寝なあかんの？」。マツはおたまを片手に聞いた。「お前が倒れたんや」。「倒れてへんで？」。「今から倒れるんや！　寝とけ！　はよほら！」。「どういう……」。この漫才のようなやりとりは、常治が仕組んだ、喜美子を帰郷させるための芝居だった。

　母親が倒れたと聞けば、三年も帰らない娘も、さすがに駆けつけて来るだろうと常治は考えたのだ。マツは言われるままに布団に横になった。

「ただいまーっ、喜美子姉ちゃんは？」と、十歳になった末娘の百合子が学校から帰って来た。母親のマツが寝ている。「何してんの？」。「倒れたんや！」。「お母ちゃんが？」。マツはむっくり起き上がって「お帰り」と言った。

「おい、起きるな！　寝とけー！」と常治が怒鳴る。

　その頃、信楽に着いた喜美子は足早に家に向かっていた。〈丸熊陶業〉と描かれた大きな看板がすぐに目に飛び込んできた。三年前にはなかった光景だった。照子の家業、儲《もう》かっとるんやなと思いながら歩いた。就職を断られたことなど、もうなんとも思っていなかった。川原家の前にはオート三輪が止まっていた。常治が買ったのだろうか。日本も荷車やリヤカーで物を運んでいた時代から、大きく変化しようとしていた。

　三年は短いようでいて、人の暮らしにいろいろな変化をもたらしていた。一五歳から一八歳になった喜美子自身もそうであった。故郷を後にして一人、大阪へ。大久保のぶ子の指導で丁寧な家事ができるようになり、辛抱することを知り、頑張ることを知った。いろいろな人に出会って少しずつ成長してきた。人の情けを知り、別れを知り、人を慕う気持ちも……知った。

「お帰り〜ッ！」。直子と百合子がしがみついてきた。

「百合子、可愛らしゅうなったなァ！　お母ちゃんは大丈夫か！」

履物を脱ぎ捨てるようにして座敷に向かおうとしたとき、常治が襖を開け、顎先で茶の間に座るように促した。喜美子は正座した。

「え、ただいま戻りました。急やったんで、何も……手ぶらで駆けつけました」

常治は頷いた。「それでお母ちゃんは？」。妹たちも横に座った。父親に反発している、一四歳になった直子は立て膝をし、「こりゃァ！　パンツ見えんで！」と早速姉から目玉を食らった。

「ようやってこれで三人、揃うたな」

「お母ちゃんは？」。喜美子は、落ち着き払っている父を不思議に思った。

「もう戻らんでええ。大阪には戻らんてええからな」

「えっ？」

「荒木荘のさださん宛てに電報を打っといた。あらためて詫びの電話もしとくさかい、残りの荷物は送ってもらう」

「ちょっと、お父ちゃん、何言うてんの？」

「家のことは頼むわ。お前に任せた。新しい仕事も信楽で見つけたるさかい。以上！」

「何が以上やのん、また一方的に言うて」

マツが出てきた。手にはおたまを持ったままで。

「お母ちゃん！　えっ？　元気なんッ？　何持ってんの」

「あんた帰らすために嘘ついたんやて。さっき聞いたとこやねん。うちに布団で寝てるフリせえて。なあ、ごめんなァ」

喜美子は怒るより先に、胸を撫で下ろした。どんなに心配したことか。どれほど胸を痛めて汽車に揺られてきたことか。そして父親に向き直った。

「うち、明日には大阪に戻るで！」。「あかん！」。「戻るで！」


その夜、久しぶりに帰郷した喜美子の歓迎会が開かれた。大野一家や、幼馴染みが集まって、信楽の懐かしい味がする惣菜と酒に舌鼓を打ち、昔話に花が咲いた。しこたま飲んで酔っぱらってご機嫌な常治は「喜美子、喜美子ォ」と名を連呼した。陽子が「はいはい、目の前にいやりますぅ。嬉しぃてたまらんわねェ？」と笑った。

遅くに皆が引き上げて、常治は酔いつぶれていた。喜美子とマツは皿やら茶碗やらを台所で洗った。

「あらー、手際ええねェ。さすがや」

「お父ちゃん、あんなことゆうてたけど、荒木荘をほっぽり出すようなことできん」

「うん」

「ねえ、この肉じゃが、なんで肉、ないの？　毎月、お金を送ってるやん、買えんわけないやろ。お父ちゃんのオート三輪、買うたの？　借りたん？」

「……もう休みぃ。明日、帰るんやろ」。マツは、聞こえないふりをして、たわしで鍋の底をごしごしと洗った。

「ほんまは今度のお正月に一回、顔出そう思うてた。その、伝えとかなあかんことあるから。お母ちゃんにはわかってほしぃねん、うち、もう一八歳やし」

そこに、まだ酒の抜けない常治が起きてきた。マツは、「喜美子が話したいことがあるそうや、聞いてあげてほしい」と言った。喜美子は草間と再会したことを話したが、他のことは口をつぐんだ。「酔うてるし、怒ってるからまたでええ」と言った。

「酔うてない！　怒ってもない。わしはこういう顔じゃ、言いたいことあるんやったら、はよ今、言えや、マツ、さっさと水持って来いや！」

マツは、結婚の話が出るのかと誤解していた。「そういう話か」と水を飲みながら常治は冷静さを取り戻して言った。

「結婚ちゃうわ！」。喜美子は思わず声を荒げた。

「落ち着きたいなんて、そんなつまらんこと考えたことないわ！　女やったら当たり前て。あんなあ？　大阪には一人で働いてる女の人、ぎょうさんいるんよ？　皆、生き生きとカッコよく自分の人生を……」

「やめェッ！」。常治は怒声をあげた。「おい、何をかぶれて来てんねん？　二年、三年、働いたくらいで、世の中、知った気になるなッ」

ここでひるんではいけないと喜美子は思った。絵が描きたくて、週三回、美術学校に行くことを決めたこと、内職をしながら学校へ行くお金を貯めたことを、一気に話した。

「誰が学校なんか行けゆうたか？　勝手なことは許さんぞ！　金を貯めただと？　ここで暮らせッ！　第一、お前、大阪に行く前に信楽におりたいゆうて泣いたやろ！」

「……あの頃とはちゃうよ」と、喜美子は声を絞り出すように言った。「あの頃の喜美子とはちゃうよ……お父ちゃん……もうちゃうよ」

常治はわなわなと拳をふるわせた。せつない胸の内を、いつも上手に言えずに何十年も生きて来た。五文字で表せるような人生ではなかった。貧しい出で、商家の丁稚奉公《でっちぼうこう》から始めて、戦争にも行き、たくさんの人の死を見て、人に言えぬ苦労を重ねてここまで来たのだ。

「……お正月に帰って来ますし、あらためて話します。うちは仕事があるんで、明日、大阪に戻らせてもらいます」

「子どもが……子どもが何を抜かすんじゃ。何が仕事があるんで、や。笑かしてくれるわあぁ。お前みたいな子どもが。好き勝手は許さんぞ、絶対に許さんぞ！」

マツは黙って聞いていた。しかし、喜美子の志が揺らぐことはもうなかった。

翌朝早く、朝靄《あさもや》の中を早足で喜美子は駅へと向かった。すると百合子が、息せききって走って来た。「喜美子姉ちゃん！」。振り向くと「途中まで一緒に行こッ」と言う。半べそをかいていた。「お父ちゃん、カンカンやで。またお酒増える」

「ごめんなァ、お正月には帰るさかい。なあ、学校こっち？　ちゃうやんな？」

「病院行くねん。お母ちゃんの貧血の薬を貰いに。夏に倒れやってん」

「貧血？　夏バテしたゆうてたやつか？　ほな、汽車を一つ遅らせて、うちが代わりに行ったる。百合子は学校行き」

「お姉ちゃんは大人？　……大人はあかんねん」

「えっ？」。すると直子が後から走って来て「やっぱりや。百合子、よけいなことゆうたらあかん」と、百合子の腕を引っ張った。

「待ちぃ。大人はあかんて、どういうこと？　何、隠してんの？　言うてえや！」

二人は押し黙った。そこに信作が自転車で通りかかった。昨夜も喜美子の家に顔を出してくれていた。いつのまにか背も伸びて、ハンサムになった信作は、女子高生たちの人気者になっていると知った。級友たちからはやされて照れていたが、喜美子にとっては、あの頃の気弱でやさしい少年のままである。大阪で草間に会ったことを話すと「俺も会いてえ」と悔しがった。

「病院け？」と、信作は直子と百合子に聞いた。「俺が話したんやったら、叱られへんよな？」

「何？　信作、何か知っとるんやね？」

「病院のツケが溜まってんねん」と、信作はサラッと言った。

「支払や。大人が行ったら、川原さん、ええ加減払ってください言われんねん。百合子やったら子どもや、子どもやったらしゃあない。逆にな、学校も行かんと薬取りに来るやなんて、可哀相な子や、言われて薬、くれやんねん」

喜美子は唖然《あぜん》とした。気恥ずかしくもあった。

信作は「三年おらんかったら、まあいろいろあるわな」とやさしく言ってくれた。ほな、またな、と自転車を漕ぎ出してすぐ振り向いた。

「草間さんに今度会ったら、俺も会いたがってたゆうといてな！　とやーッ、とやーッ」

畑の一本道をゆく信作の姿が、みるみる遠ざかっていった。

その後、喜美子は直子から、多額の借金をしてオート三輪を買ったものの、張りきりすぎた常治が足を挫《くじ》いて、長いこと仕事が出来なかったこと、今もろくに仕事が出来ず、酒量が増えて、飲み屋のツケも溜まっている。借金もどんどん増えたという話を聞いた。

「お米も、お肉も、卵も……」。喜美子は思わず直子を抱きしめた。直子は、三年もの間こらえていたものが一気にはずれたように泣き出した。小さな頃から、茹で卵が好きだった直子。

「姉ちゃんなんて、大阪戻れ！　行ってしまえッ、姉ちゃんなんか！」

　冬の畑には作物もなく、マツは、風で飛んできた小枝や枯葉を、少しでも風呂焚きの足しになればとかき集めていた。その姿を喜美子はせつない気持ちでながめた。

「喜美子！　忘れ物？」。戻って来た喜美子にマツは驚いた。喜美子は黙って薬袋を差し出した。

「……」

「ちょっとだけ支払してきた。他にもあるんやて？　お父ちゃんは？」

「火鉢運んではる」

「足挫いたとこ痛むゆうて、サボったりしてるんちゃうの。支払が溜まってるとこ、全部でいくら溜まってんの？」

「なんとかなるよォ」

「ならへんよ！　ならへんから、うちを呼びつけたんちゃうの!!」

喜美子は、母のざらざらとささくれだった手を見て泣きたい気持ちになった。さだからもらったクリームを持って来てあげればよかったのだ。塗るとすぐにすべすべになる魔法のようなクリームだった。

　マツが見せてくれた、ツケや借金額が書いてある帳面は、予想をはるかに超えるものだった。しかも律儀に全部、一円単位までびっしりと書かれている。

　喜美子は逆に笑いたくなった。

「こんなん見せたゆうたら、またお父ちゃんカンカンやな。大阪、戻らへんのん？」

「お金、少しあるさかい送るわ。仕送りも増やす」

「お金だけちゃうねんよ、お父ちゃんは、喜美子に帰って来てほしいねん」

　そしてマツは、遠慮がちに言った。

「照ちゃんとこの丸熊陶業、盛況でな。若い人、募集してるんよ、雑用やけど」

「……」

「ほしたら、今度こそ喜美子、雇ってもらえる言うてな」

「女の子でも？」

「せや。それでお父ちゃん、その気になったんよ」

「これ、飲んだら行くわ」。喜美子は出がらしのお茶をすすった。

「うん。気ぃつけてな」

歩き出した喜美子は、道すがら、丸熊陶業の看板を目にして歩みを止めた。来るときも見かけた、大きな立派なその看板を見つめた。やがてふいに何か大きなものに突き動かされるように走り出して、丸熊陶業の作業場に入り込んだ。一度就職が決まったときに見学したから、中の男臭い空気はわかっていた。ちょうど、見知らぬ職人の集団がぞろぞろと出て来るところだった。先頭に立つ男が肩で風を切っている。

「城崎さん、待ってください！　今、城崎さんの組に抜けられたら、困りますねや」

追いかけて来たのは、照子の父、社長の熊谷秀男だった。

「ほな、わしらの待遇、考え直してくれはるんですか」。城崎という男が親方のようだ。

「もう一回、折り合いどころ見つけましょうや。どうぞお戻りください」

秀男は何回も頭を下げている。

「喜美子！」。突っ立っていた喜美子の背後から、懐かしい声がした。照子だった。高校が定期試験中で半日で下校したのだ。

「なんでここにいるの？　うちに会いに来てくれたの？　喜美子や、喜美子やッ」

照子が瞳を潤ませて、抱きついてきた。

「気色悪るッ、離れェ！　照子のお父ちゃんに会いに来たんや。ほやけど、何か……」

「お父さん、絵付けの親方と給金のことで揉めてんねん。精一杯のことしてるんやけど」

「絵付けって？」

「絵付けは絵付けや。話やったらうちが聞くわ。喜美子が大阪引き払ろうたら、ここで働くいう話やろ」

「知っとるんか。ほんまにうちを雇ってくれるん？」

「今度こそ、ほんまや。約束に一筆書いてるてゆうてた」

「……そうか。ありがとォ、ほな汽車の時間やから」

「えっ、もう帰るん？」

「確認したかっただけや」

「喜美子、信楽、帰って来るんやで！　きっとやで！　きぃ〜みぃ〜」

「うるさい！」と喜美子は後ろ手を振った。

　大阪に向かう、ガタゴト揺れる汽車の中で、喜美子は自分の身の振り方をじっと考えていた。胸の中では、二つの気持ちが激しくぶつかり合っていた。大阪での暮らしを続けるか、家族の待つ信楽に帰るか。道を選ぶときが来たと思った。喜美子は一生懸命に考えた。

　目を閉じると、荒木荘がありありと浮かんだ。あそこに鍋がある、さださんのお気に入りの茶碗は上の棚で、雄太郎さんのは下の棚。ちや子さんのお茶漬けのお茶碗は右隣。玄関の掃き掃除にはあの箒。二階上った先には物干し台。月がきれいに見えた。皆、よくしてくれた。やさしかった。のぶ子さんの厳しさがうちを育ててくれた……。喜美子はそっと涙を拭った。けれども今、自分の中で新しい何かが生まれ始めている。

一方、荒木荘ではさだとのぶ子が、喜美子の荷物をまとめていた。常治からの電報で、もう娘は大阪には帰らない、荷物を送ってくれと書いてあったのだ。まとめると、風呂敷でたった二袋に納まった。「少ないなァ」とさだが荷物を見て呟いた。この子は大阪で何も買い物をしなかったのだとしみじみ思った。雄太郎は「明日、運送屋に届けに行くけ」と言った。「ほな、お給金も一緒に送ってあげて」とのぶ子が続ける。

そこに「ただいまーッ」と喜美子が帰って来た。「か、帰って来た！」と、三人は声を合わせる。「お、お茶を淹れるで」と、のぶ子がやかんを火にかけた。

三人を前にして、喜美子はゆっくりと、一言一言気持ちを噛み締めるように話し始めた。

「うち、信楽に帰ることにしました。汽車ん中で、いろいろ迷って考えました。ほしたら、自分でもそこそこやってきたんちゃうかなァ、勝手にそう思いまして。すみません、大久保さんからはまだ認めてもらえへんけど……」

泣く寸前であった。でも泣くまいと我慢した。

「認めるかいな、家の中の仕事に終わりはないで！」

のぶ子は、やかんの火を止めてお茶を淹れ、背中を向けたままでこう続けた。

「認める、認めんでいうたら、あんとき、あんたが、〝大久保さんが作ったごはんは、大久保さんにしか出来へんのとちゃう？〟と、あれ言われたときに、もう認めてたわ」

「ほな、最初の日やん！」と、さだはそう言って、泣き笑いをする。

「ちや子さん……は？」と、喜美子は尋ねた。

雄太郎は〈さえずり〉に喜美子を誘った。マスターは、喜美子が聞きたいことを知っているかのように、数日前、ちや子が来たのだと話してくれた。

「新聞社、辞めたったァ！　って泥酔してな、ぐでんぐでんやった。上司が、何も言わんでよそに移ったて。よっぽど堪えたんやろなァ、辛そうやった」

「上司て、あのヒラさんが……」

「ほんで、俺とさださんで、抱えて荒木荘に戻ったんや。そんとき、さださんがゆうてた。女一人働いてると、いろいろしんどいことがあるんよって」

「いろいろって？」と雄太郎が訊く。

「俺にはわからん。ほしたら、さださんが黙って見守ろうゆうてな。しばらくしたら、ちや子さん、実家に帰るとかゆうて」

その夜。喜美子は食堂で一人、ちや子に手紙を書いた。翌朝は、汽車の時間に間に合うように、三人が集まってくれた。

「ちや子さん、そのうち戻ってくるだろうから。信楽なんて汽車ですぐや、ゆうとくよ」

そう言った雄太郎は、思いついたように二階に駆け上がると、ギターを持って下りてきた。そして、ジャジャーンとかき鳴らして即興で唄い始めた。

『寂しいけどかまへ～ん、夢があるからかまへ～ん、お金なくてもかまへ～ん、愛があるからかまへ～ん！』。喜美子はお腹を抱えて笑い、「やめやめェ、へたくそな歌、やめェ」と、さだとのぶ子も笑い出した。

「なんや、未来の大スターやで。いつかキミちゃんのお父さんにもオート三輪、山ほど買うたるわ。そや、キミちゃん、芸名付けてや」

「芸名か！　ほんじゃ、信楽太郎」。「あかんわ。売れそうにないで！」とのぶ子が手をひらひらさせた。さだは神妙な顔をして、喜美子の手のひらに何かを握らせた。それは、喜美子が、部屋に置いていた信楽焼のかけらだった。

「あ、これ。ありがとう」

「忘れんよう手渡さな思うてた。キミちゃん、最後に顔、見れてよかったわ。元気でやるんよ！」。三人は玄関先で、喜美子の姿が見えなくなるまで見送ってくれた。


それから三週間ほどして、ちや子が荒木荘に戻って来た。がらんとした部屋を見て、喜美子が故郷に帰ったことを知った。「そうか、行ってしまったんか、キミちゃん」。ちや子は雄太郎から渡された手紙を広げた。

〈ちや子さん……ほんまのところ、これが正しいかどうかわかりません。うちには二つの道がありました。一つは荒木荘で働いて仕送りしながら、内職しながら、学校に週三日通う道。ジョージ富士川さんから新しい世界を教わって、好きな絵を学ぶ。想像するだけでわくわくしました。

もう一つは信楽に帰る道。こっちはどうなるかわからへん。働くとこはあっても、自分がどうなってゆくか想像つかへん。ようわからん道を選んで歩き出すのは、えらい勇気がいります。でも勇気を出して、うちは信楽に帰る道を選びました。自分で決めた。自分で決めたんです。

そやから……最後に、ちや子さんに会いたかった……。

新聞社、辞めた聞きました。大丈夫やろか。心配やけど、きっとちや子さんなら、そう思うてうちは行きます。いつかまた、ちや子さんにお茶漬け作ってあげたい。いつも美味しいゆうて食べてくれはった。そしてお喋りしたいです。いつか、この道選んでよかったと、笑って会える日がきますように。今日にて荒木荘、卒業させていただきます。お世話になりました。ほんまに、ありがとうございました〉

ちや子は立ち尽くしたまま、繰り返し手紙を読んだ。

喜美子は信楽に帰って来た。すぐに、三年前と同じような日常が待っていた。家族は喜美子の帰郷をたいそう喜んで、家には笑いが溢れた。そしてことのほか、常治の喜びは大変なものだった。

それから一週間ほどが経ち、喜美子は正式に丸熊陶業に勤めに出ることになった。喜美子は常治とマツと一緒に事務室へと出かけた。

社長の熊谷秀男は忙しそうに電話をしている。照子の母親、和歌子が「キミちゃん、よう来たなァ」とお茶を運んで来た。秀男が来て仕事の説明をした。

「簡単な仕事や。通いの陶工さんらと、今は絵付け職人さんらが来てるさけ、これがなかなか手強い親方でな。腕はええんやけど」

「あの、絵付けゆうのは？」。喜美子は尋ねた。

「絵付けゆうのは……」。すると、事務局長の加山が手で制した。

「そこは川原さんの仕事に関係ありませんし、大丈夫ですよ、知らんでも。そういう人らのお昼の用意と、お茶の用意です。時間は午前九時から午後四時まで。お給金はそれ相応にお支払いたします」。常治は「ほんまありがたいお話で」と、マツと一緒に頭を下げた。

「社長は前から、お断りしてしもうたことに心を痛めておりましてな」

「照子もいまだに、突っつきよんでよ」と秀男は明るく笑った。

翌日から、丸熊陶業の食堂で、忙しく働いている喜美子の姿があった。陶工の妻の八重子と緑という若い主婦が働いていて、そこに加わった形だった。昼飯を食べに、ぞくぞくと入ってくる陶工たちに、喜美子はてきぱきと配膳した。荒木荘のことを考えればずいぶんと簡単な仕事である。一段落すると、八重子と緑はぽりぽりとおかきを食べながら、互いの姑の愚痴をこぼし始めた。

「喜美子さん、火鉢の作業場にやかん持って行ってな」

喜美子はやかんを交換すると、絵付け部の前で立ち止まった。

いくつか置いてある火鉢に絵が描かれている。山水や花々、タヌキが描かれたものもある。喜美子は駆け寄って、一つ一つの絵に見惚《みと》れた。奥に数人の絵付け集団がいて筆を動かしていた。火鉢に見事な絵を描いていく。大阪に行く前に見かけた人たちだった。城崎という強面の親方もいる。確か、何か社長と揉めていた。喜美子は興味津々で近づいて、職人たちの筆の動きに見入った。

「誰や」と、城崎は眉をしかめた。

「あっ、すみません。今日から丸熊陶業で働かせてもらいます川原と申しますぅ。お茶持って来ました。あの、何してはるんですか。見せてもろてもいいですか？」

「関係者以外、立ち入り禁止やッ！」。城崎は怒鳴りつけた。

夕方、初仕事を終えた食堂に、照子が学校から戻って来て、嬉しそうに顔を出した。

「どやった？　楽な仕事やろ？」

「照ちゃん、あの、なんか絵みたん描いてる人たちいるやん」

「絵付けの職人さんたちけ？　ちょうど喜美子が大阪行った頃からや、絵付けの火鉢に力入れ始めたんよ。信楽の絵付けの火鉢は、高級品やいうて売れるんや」

「ほうなん。あんなん見たの初めてや」

「親方がデザインいうもんを考えて、うちのお父さんに提案するねん。決まったら、火鉢に色塗ってな、窯に持って行って焼くんや」

「分担作業やな？」

「ほやけど、今、お父さんと親方が揉めとんのや。気難しいし、十分にしとるのに金にもうるさい。ソリが合わん」

ちょうどそのとき、絵付け場のほうから大きな声が聞こえた。城崎が加山に向かってまた怒鳴っている。

「引く手あまたや、よそ移る。皆、はよ、片付けえ！」

親方に従って職人集団はみるみる商売道具を片付け始めた。「引き止めへんのですか」と、城崎は加山を一瞥《いちべつ》した。

「絵付け職人がおらんようになったら、誰が火鉢に絵ェ描くんですかねェ？　新しい絵付け職人が、早々に見つかるとは思えませんけどなァ」

城崎は鼻を鳴らした。

騒ぎが収まると、喜美子は照子に真剣な表情で言った。

「うち、絵付けやってみたい。やりたいんや」

「なんやて？　喜美子が絵付け？　そんなんできる？」

「絵描くことやったら、うち、子どものときから得意や」

「子どものお絵描きとはちゃうで。しかも女の絵付師なんて聞いたことないで？」

「女はやれへんの？」

「やってる人、おらへん。絵付けも陶芸も、みぃんな作ってるのは男や、男だけや。信楽焼は男の世界や」

「……」

「照ちゃん、うち、ええ加減な気持ちで言うてない。ずっと引っかかってたんや。今、今言わんかったら後悔するて、思いきって言った！」

「喜美子……」

「そや照子、昔、婦人警官に憧れてたやん。女のお巡りさん、あれかて最初は男やなきゃだめやったけど、やれるようになったやんけ！」

「そりゃ、そうやった」

「いっぺん、お父さんに聞くだけ聞いてみてくれへん？　なんやったら、自分で照子のお父さんに頭下げに行くさかい！」

照子がたじろぐほど、喜美子は必死に訴えた。いったいどこからこんな力が湧き出てくるのか、喜美子自身わからずにいた。

「お願いします！　照子、お願いします！」

照子は、唇をきゅっと結んで聞いていた。そして決心したように言った。

「わかった！　そないにゆうなら、うちから話す。今夜、さっそくゆうとくし！」

「あッ、ありがとう！　ほんまか！　ありがとうォ、照子ォ〜」

喜美子はぎゅうっと、照子に抱きついた。信楽に帰って来て、まだ時間が浅かったが、すでに喜美子は新しい道を見つけて踏み出そうとしていた。自分よりずっと大人になっている喜美子に、照子は寂しいような、誇らしいような気持ちになった。


そして、社長の秀男から「試しに」と言われた喜美子は、翌朝、張り切って絵付け場へ出かけて行った。そこに男が一人座っていた。

男は喜美子の足音に気づいて、顔を向けた。喜美子をじっと見据えた。

次の瞬間、「へっくしょん！」と、作業場中に響き渡るようなくしゃみをし、喜美子は思わず顔をしかめた。それが喜美子の、大切な師との出会いであった。

第七章　お金がないことに、気持ちが負けたらあかん

丸熊陶業の食堂で、最後に食べていた陶工さんが出て行くと、喜美子は手早く食器を洗って腰に巻いた前掛けで手を拭いた。気持ちがはやっていた。これから社長の熊谷秀男のお供で、絵付けの作業場に行くのだ。

食堂の先輩、緑と八重子から「なんや、新しい絵付けの職人さんが来たみたいやで」と聞いていた。喜美子は「新しい人、もう雇ったんですかァ?」と、熊谷社長に尋ねた。

すると社長は「ほりゃほやがな、日本画を描いてはった、深野心仙《ふかのしんせん》いう立派な先生やど」と、誇らしげに答えた。

側らで加山が大きな火鉢を抱えていた。

「先生、試作品が焼き上がりました!」

喜美子が作業場に行くと、年輩の男と若者二人が、腰を伸ばしなから体操をしていた。この年輩の男こそ深野心仙で、紺絣《こんがすり》のような作務衣《さむえ》を着て、頭はごましお、口もとに髭《ひげ》をたくわえていた。喜美子はあっ、と思った。昨日、目の前で大きなくしゃみをした男だ。

あの後、ふがふがと変な音で鼻を鳴らしていた。

「ほう、ええ色に焼いていただいて」と、深野は火鉢を廻し見て、顔をほころばせた。

「いやいや、こちらこそ、さすが先生、品のいい絵柄です」と、熊谷社長も目尻を下げた。

喜美子も思わず近寄って「わあッ」と目を輝かせて火鉢を眺め廻した。

「そや、先生、この子がゆうてた子です」

「初めまして！　川原喜美子と申します！」。喜美子は深々と頭を下げた。

すると深野は、「へーくしょんっ！」と、また轟《とどろ》くようなくしゃみをした。鼻を鳴らして「あぁ、君がそやったんかァ」と、今度はぼりぼりと耳の裏を掻いた。

「絵付けやってみたいゆうて。うちの娘の幼馴染ですわ。ええですか？」

喜美子はごくりと唾を呑み込んだ。またもや、女なんか、と断られるのではと身構えた。

「ええよォ〜」

深野は、拍子抜けするくらい明るい声で言った。昨夕の絵付け場で見かけたときの、すべての物事を見透かしてしまうような目。あれとは全然違う、むしろ陽気で愉快なおっさんといった風情だった。「君らもええかァ」と、弟子二人にその場で聞いた。

「フカ先生がええなら、僕らもかましまへん。僕は磯貝。一番さんと呼んでええです」

続いてもう一人も言った。「僕は池ノ内です。二番さんでええです」

「そんな……」と喜美子は戸惑う。「ええの、ええの。弟子入りしてもう四年も経つのに、先生も僕らの名前は覚えてないんで、このほうがええんです」と、二人して頷いてみせた。

「さっそくやってみる？　失敗してもかまへん、この辺にある素焼きの皿や鉢は練習に使うやつや。向こうに並んどんのは、釉薬《うわぐすり》かけて本焼きしたやつさけ、触らんようにな」

「はい」。二人に促されて喜美子は緊張しながら、和絵具を混ぜて絵筆を握った。

難しい。だが、なんとも楽しい。喜美子はまず、好きな桔梗《ききょう》の花を描いてみた。あっという間に一時間ほどが流れた。のぞきに来た二人は「ほう」と感心した。

「上手やなァ」と一番さん。

「こんなんやるの、好きなん？　女の子で珍しいなァ、ねえ、フカ先生」と二番さんが言った。見れば深野は窓際の夕方の陽だまりの中で、うつらうつらと船を漕いでいた。まるで、ころんとした信楽焼のタヌキの置き物のようである。「いつものことやな」と二人は微笑した。

練習にすっかり夢中になった喜美子が作業場を出た頃には、すっかり夕闇がせまっていた。家路を急いだ。ただいまーっと家に入ると、様子がおかしい。案の定、卓袱台がひっくり返され、マツが割れた茶碗などを片づけていた。百合子が泣いている。

「どうしたの」

「いつものことよォ。軽く飲んで帰って来てな、お風呂沸かしてなかったから、怒ったんよ。ほんで直子と口喧嘩になってな」

直子が奥から飛び出して来て勢いよく言った。

「お姉ちゃん、四時で仕事終わりとちゃうんけ、何してたん！　うちかて学校の宿題とかあんねん、お父ちゃんは風呂だ、喜美子は？　喜美子は？　ってうるさいし！　皆、嫌い、大嫌いやッ」。肩で息をしている。

「ごめん、直子、ごめんな……明日からはよ帰るさかい」

喜美子は、焚きかけになっていた炉に急いで薪をくべた。


翌朝。作業場に出かけた喜美子に意外な言葉が待ち受けていた。まだ早い時間なのに、深野はもう来ている。「誰？」と深野は訊いた。

「え、あ、川原です。昨日はありがとうございました。ほんで今日からのことなんですけど、うちは食堂の仕事が四時まであるんで、その後からやと遅うなってしまって、あかんのです。ほんま申し訳ない話ですけど、朝の時間だけ絵付けの仕事をさせていただけたらと……」

深野は聞いているのか、いないのか、ぼうっとした顔をして、自分の作業部屋に入るとぴしゃりと戸を閉めてしまった。喜美子は慌てた。やがて出勤して来た磯貝と池ノ内に
「うち、何か怒らせてしもうたかも」と打ち明けると、二人は笑った。

「朝はな、ああなんや。集中してやらはるさかい、見られたくないねんな。集中したはるときのフカ先生は、アレやしな」

「そうそう、アレやし」

「アレて？　あの、うち、朝のこの時間しか、絵付けやらせてもらう時間ないんです」

するとニ人は妙な反応をした。

「昨日、やったやん。また遊びにおいで」

遊び!?　喜美子は驚いた。そんなふうに思われていたのだと悔しかった。

夕方、喜美子は深野と向き合っていた。弟子の二人も座っていた。遊びではない、仕事として絵付けを教わって仕事としてやっていきたいのだと、しっかり述べた。深野は耳を掻いた。

「片手間やでけへん。しかも、何年かかるかわからん、一人前になるまで一番は三年ほどかかったで」

すると二番の池ノ内が言った。

「僕は一年。住み込みで朝から晩まで、みっちり修業させていただいたんで」

「涙と洟と鼻くそと、耳くそも出して、わしの見えんところでこの子ら、何回泣いとったことかよのう」

喜美子は俯いて、何も言えなかった。絵付けなど、好きならすぐに覚えて出来るようになると思っていたのだ。その甘さを痛感させられた。すごすごと作業場を後にするしかなかった。

従業員の昼飯の時間が終わり、食堂の片付けを終えると、八重子と緑が「なァ、お茶しよ」と煎餅を持ってやってきた。

「なあ、仲ようせん？　あんたともお喋りしたいんや。楽しくやろうさァ。お姑さんや、旦那の悪口や……あ、旦那はまだいやらんやんな」

喜美子はふと、こういうことが女の幸せなのだろうか、という思いが頭をよぎった。

稼ぎのいい亭主がいるから、しゃかりきに働かなくてもよいし、お茶と煎餅を齧りながらのんびりお喋りできる。いや……しかし、と喜美子は思った。こういう幸せは自分の考える幸せとは違う。自分は好きなことに向かって没頭して生きたいのだ。たとえ、どんなに辛い道であっても、信じる道を行きたい。


絵付けの仕事に思いを巡らしながら、冬の道を急ぎ足で家に帰った。すると庭先に、しゃぼん玉がとんでいる。百合子がきゃっきゃとはしゃぐ声がした……そこにいたのは思いがけず、あの庵堂ちや子だった。大阪での別れの日に会えず、手紙だけを残して来た……。

「ちや子さんッ　ちや子さんやァ」

「そうやァ、来たよォ」

「ほんまッ、ちや子さんやァ！」。喜美子は塞いでいた気持ちが、いっぺんに吹っ飛んだ。土産に漫画本をもらった妹たちは大はしゃぎしていた。「お礼言うたの？」。急いで喜美子が訊く。「言うた！　ちゃんと言うた！」

　マツがお茶と干し芋を卓袱台に置いた。お茶は荒木荘の大久保のぶ子が持たせてくれたという。「大久保さんが！」。喜美子は一口すすって涙が出そうになった。懐かしいあのお茶の味だ。皆でごはんを食べた食堂を思い出した。マツも一口飲んだ。

「高いお茶なんやろ。ほんま美味しいわァ。ゆっくりしていってな」

「そんなにゆっくりしてられへん。仕事で来てん。大阪から日帰りで来たんよ」

　喜美子は、少し心配顔になった。

「仕事て……聞いてもええですか」

「そや、心配かけたな。あれから出版社いくつか訪ね歩いて、今は婦人雑誌や。雑誌記者や！　いろんなこと調べたり、取材したり、記事を書いたりな、原稿書くんや」

「ふーん、つまらん」と、畳に寝転んで干し芋を齧りながら直子が言い、マツが叱った。

「つまらんない、面白いで。今度、琵琶湖の取材するねん」

「琵琶湖！　海やと思うた。信楽に来るとき寄ったんや。覚えてるで！」

　直子はむくっと起き上がった。

　マツと喜美子と直子は、あの道中の光景を思い出した。きらきらと湖面が光っていた。

「百合子はまだ赤ちゃんやったなあ」と、マツが百合子の頭を愛おしそうに撫でた。

「あの琵琶湖にな、橋が架かるねん。琵琶湖の上に、日本一の大橋や。夢あるやろ！　話、聞きつけたとき、すぐに編集長に取材させてくださいて言うたんや。せやけど、女やから、食べるほうの箸にしとけェてからかわれたり、相手にしてくれへん。そこを堪えて、頭下げて、どうしてもやってみたい、一生懸命、掛け合ったんや」

　前の新聞社と同じような壁にぶつかっているちや子に、喜美子はせつなくなった。しかし、自分が励まされているようにも感じた。ちや子の変わらない仕事への情熱が、萎《な》えかけていた気持ちを引き上げてくれるようだった。

「そんでな、ついにまかせてもらえることになったんよ！　新聞社は毎日が締切やったけど、今はじっくり丁寧に一つのテーマに取り組める。何より、やりたいことやらせてもらえてるやん、ドキドキわくわくすることを伝えるのが、うちの仕事やからな！」

　ちや子の言葉に、喜美子は気持ちが抑えられなくなった。感情がこみ上げてきて、声を上げて泣いた。皆、驚いて喜美子を見つめた。

「うちもやりたいこと見つけてん。これや思うた。新しい道や」

「そうなんや、何を見つけたん？」と、ちや子は喜美子の両腕を掴んだ。

「絵付けや。絵付けをやりたいッ！　信楽の火鉢に絵を描きたいんや」

　初耳だったマツは、娘に夢があることを知り驚いた。

「やりたい、やりたい言いたかった。ほやけど、あかんねん言われてんねん。朝から晩まで教わらんとあかんねん。うちにはそんな余裕ないねん。時間もお金もないねん。あかん、あかん！」

　涙声の喜美子に、マツは自分の親としての不甲斐《ふがい》なさを感じて小さくなった。直子も百合子もじっと聞いている。ちや子が渡してくれたハンカチで涙を拭うと、喜美子は少し落ち着いてお茶を飲んだ。すると懐かしいその味にまた顔が歪《ゆが》んだ。

　ちや子は腕時計を見ると「ほな、うち行く。またな」と立ち上がりながら言った。

「せや、頑張りぃ！」

「思うてたこと吐き出せて、スッキリしました。ちや子さんが来てくれたお陰です」

「ふふん、次に会うたときも泣かしたるわ。キミちゃんを泣かすくらい、うち頑張るで」

「はい、うちも次に会うたときは、泣かんで済むように頑張ります！」

　ちや子は、笑顔を残して歩き出した。辛さを経て新しい道へ進み出している。颯爽《さっそう》とした後ろ姿だった。喜美子は大きく深呼吸をした。そして春先の夕暮れどき特有の、薄青い空を仰ぎ見た。

　その夜、床に入ってからも喜美子は寝つけなかった。未来を見つけて歩き出しているちや子を素晴らしいと思った。しかし自分の夢は、どこかであきらめねばならないかもしれない……ちや子には元気をもらったけれど、叶わぬ夢は忘れてしまわなければならないかもしれない……気持ちが何度も往き来して、何度も寝返りを打った。

丸熊陶業からは、毎日、トラックに積まれた火鉢が出荷されていた。

その光景を見るにつけ、喜美子は感傷的になった。美しい絵付けをされた火鉢が全国の家々で使われるのだ。ため息を一つつくと、作業場のやかんを取り替えるために、大きなやかんを提げて歩く喜美子を照子が呼び止めた。

照子は今日、高校の卒業式を迎えたところだった。四月からは京都の短大へ入学が決まっていた。

「あ、照子、ご卒業おめでとうございます！」

「ありがとう、喜美子。うち、女子寮入るねん」

「そうか」

「そういえば、絵付けの話、どうしたん？」

「いつの話や」

「……あのな、喜美子」

「もう、ええんや」

あれから、いろいろなことがあった。

ちや子の前で泣いた翌日、マツは大野雑貨店の陽子に相談していた。喜美子の中に宿った情熱を、親の事情で消してしまうのは悲しかったからだ。もとより、親の借金返済のために、美術学校の進学に向けて喜美子が一生懸命貯めたお金を使わせてしまっていた。

丸熊陶業とは別のところで、絵付けをやっている陶業がないものかと考えたのだ。陽子は前もって調べておいてくれた紙を渡した。

「その永山陶業さんなんて、ええんちゃう？　ちょっと遠いけどな」

「永山陶業？」

「最近、代替わりしてな、息子が社長になってから絵付けに力入れてるゆうわ。職人さんもぎょうさんいはるし、中には絵付け教えてくれる職人さんもいやはるちゃう？」

「それやったら、ええなあ」

「女の子は厳しいかもわからんけど。そや、今、電話かけたらええ」

「え、今？」

「善は急げや！」

そこに息子の信作が帰宅した。「もうじき卒業やろって、おばちゃんがお祝いのおはぎ持って来てくれたんや」と、陽子は信作に言った。

「わざわざすんません。ほな、あとでいただきます、ありがとう」と信作はおじぎをした。

いつのまにか大人の挨拶ができるようになったんだなとマツは思った。傍らに同級生らしき女子を連れている。清楚な娘さんだった。「佐々木京子です」と、マツに挨拶をした。

二人が中に入ると、陽子が笑みを浮かべてひそひそ声で言った。

「付き合うてるらしいで」。「ええーッ」

「詳しいことは言いへんけどな。もうそんな年頃や。キミちゃんはどうなん？」

「うちはまだだやわ。お父ちゃんが心配して、見合いさせるゆうてるけどな」

「見合いかァ。ま、今やることは永山さんや」と、陽子はジージーと電話のダイアルを回した。商売屋のおかみさんだけあって、こういうときの陽子はテキパキしていて、頼もしい。結果は悪くなかった。「来てみてくれ」と返事があった。


夕飯のこんにゃくと大根の煮物などを作りながら、喜美子の帰りを待ちかまえていたマツは、喜美子が着くや否や、その話をした。

「そや、永山陶業さんいうんや。絵付けの職人さんが何人もいはってな、週一回くらいやったら、交代で教えてくれるて」

直子も百合子も、「ええ話やん、お姉ちゃん行ったらええ！　お金もらえるんやろ」とはしゃいだ。突然の話に喜美子は戸惑った。

母親の気持ちはありがたかったが、この数日、もうあきらめよう、忘れようと過ごしてきたのだ。それなのに、気持ちをまたぶり返された。

と、そのときであった。常治が見知らぬ一人の男を「入りィ、入りィ」と連れてやって来た。米屋の三男坊だった。見るからに気弱そうな、米屋の息子にしてはひょろりとした、うらなりのような男だった。

「マツ、座布団出しィ。これが前に話していた、見合いのお相手や」

「この前て、ずいぶん前……」

「なんや汚い座布団やなァ、まええわ。喜美子も来いッ、結婚相手やで、宝田さんいう」

「は？　結婚ッ！」

喜美子はぽかんとした。そのとき、宝田は頭が摺《す》り切れそうなほど畳にこすりつけた。

「はように結婚したいと思てます」

……喜美子は絶句した。

「あわわ、いえ。喜美子さん以外の人です。わて、心に決めた人がいるんです。今日は、はっきりお断りしたい決めまして。川原さん、堪忍してください！　お願いします」。すんません、すんません、と繰り返しながら男は出て行った。常治は「おかしいなァ」とさかんに首を傾げた。

「お父ちゃん、うちはまだ結婚なんてする気ないで」

「まだゆうても、まあ、一～二年のうちにはな」

「うちかて、やりたいことあるし！」

「なんや、やりたいことて。ほな、いつ結婚すんねん？」

「結婚は、いつするか決めとくもんちゃうやろ？」

「アホぬかせ！　いつするか決めとかんと。いつまで経っても出来へんでェ！」

「ほなら、出来へんでも別にかまへん」

　父と娘はまた言い争いになった。現代のように女性たちが進んで仕事を出来る時代ではない。結婚をしなければ、ほとんどの女たちは食べていくことが出来なかった。そして世間も、それこそが女の幸せの形だと信じて疑わなかった。

「けッ、ほな、死んでもすんな！」

「死んでもせんわッ！」

　マツが割って入った。「ちょっとよろしいですか」。常治の前にコップを置いて、焼酎をごほごほと注いだ。「なんや、そないな顔して」。常治は注がれた酒を不機嫌に一気に飲み干した。

「喜美子に、やらしてやりたいことがあるんですぅ」

「なんや、気色悪い」

　喜美子はハッとした。

「絵付けです。火鉢の。週一回、永山陶業いうところで習わしてやりたいんです」

　常治は黙ってコップに酒のおかわりを注ぎ、ごくごく喉の奥へ流し込んだ。マツはじっと常治の顔を見ていた。このとき、喜美子に熱い感情が一気にこみ上げた。心が定まった。

「決めた。お母ちゃん。お母ちゃんのお陰で今わかったわ、自分が何をしたいか。丸熊陶業の深野心仙先生に、も一度頼み込んでみる。私を弟子にしてくださいゆうてみる！　そや、逃げたんやうちは。逃げようとしたんや！　お父ちゃん、うちは絵付けやります」

常治は次々に酒をあおった。

「アホッ！　何が絵付けじゃッ。結婚もせんゆうとるヤツが何をぬけぬけと、勝手なことばかりぬかしやがって！　許さん、許さん、なんもかんも許さんでェ」

常治は卓袱台に手をかけた。咄嗟にマツと喜美子と直子は必死で押さえた。だが、見事に卓袱台はひっくり返され、酒や茶碗や煮物が畳に飛び散った。百合子が泣き出した。

「うるさいッ、百合子！」。直子が怒った。「直子！」。マツが叱ると、直子はふてくされて、足でぼこぼこと障子を蹴っては穴を開けた。常治はごろんと横になった。腹を出して、そのうち鼾《いびき》をかき始めた。


喜美子とマツは雑巾を取って来て、黙って片付け始めた。壊れた皿や、飛び散った煮物をかき集めながら、いつしか喜美子はくくく、と笑い出した。

「どしたん？　喜美子」。ぎょっとしてマツが訊いた。

「あんな、深野先生、フカ先生のこと思い出してたんや。先生はな、朝から午前中に集中して描きはる。そんときは弟子の磯貝さんも池ノ内さんも外に出る。見たらあかんの。そんなこと言われたら、よけい気になって」

「見たらあかんん？　見たん？」

「芸術家がな、どんだけ苦しい思いして描いてはるんか思うてな。猛烈に見とうなって。ほれ、『鶴の恩返し』いう話があるやろ。うち、中学のとき図書館で読んでん。涙止まらんかった。鶴が自分の羽抜いて、きれいな機を織るんや。旦那さんはそれを売りに行く。ほんで織ってる姿は、決して見るなゆう……」

「羽抜いたら、痛いやろ」と、百合子が顔をしかめた。「その先生も、苦しくて唸ってたん？」とマツも心配そうにする。

「もう気になって気になってな、こっそり見たんや、ほしたらな」

三人は喜美子の話に、身を乗り出した。

「笑うてたんや。アホみたいにぽか〜んして、へらへらへらへら笑うてた。ほしたら気づかれて〝見たな……〟て。怒られるか思うたら、〝恥ずかしい〜ッ〟て、顔ふさいだんや」

「ええッ、やっぱ変わっとんな、ゲージュツカゆうのは！」。直子があぐらをかいた。

だが、その後で喜美子が話したことは、思いもよらぬ心打つ展開であった。

「聞いたら、昔、先生は日本画を描いてはってな。山や森や草花や、飛ぶ鳥や、滝や川の流れ……日本の美しい風景画や。若い頃は世の中に認められて、たくさん賞とって、個展開いて。だけど戦争が始まって、先生は従軍画家として大陸に渡ったそうや」

「従軍画家て何？」。直子が訊いた。

「戦争画を描くんやて。空や鳥やない、鉄砲の弾が飛び交う絵や」

「怖いッ」と、百合子はマツにしがみついた。

「あんとき……姉ちゃん、手え離した」。直子はまた思い出して声を震わせた。火の粉の中を、防空壕へ向かったあの夜。喜美子に抱きついてきた。喜美子は直子の背をさすった。

「ごめんな、堪忍なぁ。姉ちゃんかて忘れたことないで」

「……そんで？　先生は？」とマツ。

「うん、兵隊さんが鬼気迫る顔で敵に立ち向こうて、勇ましゅう戦う。そんな絵、描くんやて。先生は、小さい頃からほんまに絵描くのが好きやったって。貧乏やったさかい、〝白いごはんが食べたいなァ〟ってお母ちゃんがゆうたら、白いふっかふかのごはんをな、どっこも欠けてないきれえなお茶碗一杯に描いてあげたって。先生のお父ちゃんが胸、患うたときは、〝どこ行きたい？〟と訊いて、〝おう、海に行きたいなァ〟ってゆうたから、夏の真っ青な海に、緑の山、きれいな川も畑も描いてやったて。描き過ぎやて叱られるか思うたら、お母ちゃんもお父ちゃんも〝ええよォ～〟ゆうてくれたて」

三人は静かに喜美子の話を聞いていた。

「先生も、その〝ええよォ～〟が嬉しゅうて、楽しかったて。けどそのうち、戦争が始まったんや。戦争は、人間が殺し合いすることや、ゆうてた。人間が殺し合うて、のたうち回る。先生は戦地でそんな絵を、戦争のための絵を描き続けるしかなかった。せやから、突然、戦争が終わったゆわれても、あかんわ、もう描けんなってたって。絵なんてもう一生描けん思うて、絵描きをやめて。他の仕事を探してな、いろんな仕事を転々としたんやて。ほんなとき出合ったんが、あれやったて」

「絵付け火鉢……か？」

「そや。火鉢に絵が描いてあったんを目にした。こんなとこに絵が。暖とるだけやのに、こないなとこに絵なんていらんやん。せやのに、描いてある。それな、うちも同じこと思うたんや、初めて見たとき。どういうこっちゃって。ただの火鉢でええやん、絵がのうても。でも先生は、ああ、そうかァ、これが戦争が終わったちゅうことやて。火鉢の絵ぇ見てな、やっと実感したんやて。日本は……なんと贅沢《ぜいたく》なことを楽しむようになったんや。これが平和いうことやって。そう話しながら、先生は泣いてた。〝ええよォ～、ええよォ～〟って叫んでな。ほんで、それから絵付けの仕事に猛進したんやて。また絵を描けることが、どんなに幸せなことか。絵の付いた火鉢の向こうであったまる人らのことを思うと、幸せや。嬉しゅうて楽しゅうて。つい、アホみたいな顔してしまうんやな。そうゆうて、涙を拭いてた。あんとき、うちが見てしもうた先生の笑いは、そういうこちゃったんや」

　マツも、いつしか流れてきた涙を拭った。

「けど、そのあとや。急にフカ先生に真剣な顔して訊かれた。〝絵付けやりたいゆう気持ちは、どういうことや〟って。〝そもそも君は、絵付けをやりたいんか、それとも、絵付師になりたいんか〟って。考えもしなかったことやさけ、〝そういうことの前に、うちにはお金が〝って答えたら、〝お金の話なんかしてへん〟て言われた。そんで、〝負けたらあかん〟て。〝何かやろと思うたときに、お金がないことに、気持ちが負けたらあかん〟て、ゆうたんや」

絵付けをやりたいのか、絵付師になりたいのか。その重い問いを喜美子は反芻《はんすう》した。

「それで、フカ先生はこう言ったんや。〝覚悟や。覚悟があるかどうかや。本気で絵付師目指すんやったら、基本からしっかり叩き込む〟って」

「なんて答えたん？」と、マツは尋ねた。

「……わからへんです。そうゆうて帰って来た。ほしたらお母ちゃんが、永山陶業いうとこの話を持って来てくれたやん、それで気づいたんや。うちはほんまは、絵付けをやりたいんでも、絵付師になりたいんでもない、どっちでもない。ただ、あのフカ先生について行きたいいて」

深野のもとで学びたい。それが結論だった。他の誰でもない、楽しそうに幸せそうに絵付けをやっている画家に。辛い過去を黙って背負っていながら、今、皆に喜んでもらいたいと筆を握っている、その人に……。喜美子は三人に向かって言った。

「ほやから、うちはこれからフカ先生にお願いする。お父ちゃんにも、何べんも何べんも頭下げる。ほんでお母ちゃん、直子、百合子、わがまま言うてごめんな。朝晩の家のこと、今のようには出来ひんようになるかもしれん」

直子はふくれた。「卓袱台、姉ちゃんいいひんとき、どんだけ、どんだけひっくり返された思うてんの？　うちかて、わがままゆうよ、来年、東京行くで！」

「うちはええよ。家のこと、ちいとは出来ること増えたしよ」と百合子はにこっと笑った。

「ありがと……。ありがとな」

「ええよォ〜！」と、マツがひょうきんな声を出したので、喜美子は噴き出した。

部屋の隅で、ごろんと常治は寝返りを打った。背中で喜美子の話を聞いていたのだ。


次の夜、飲み屋〈あかまつ〉のカウンターで、常治と大野はたまたま深野と隣り合わせた。深野をただの気のいい、面白いおっちゃんかとそれまで思っていた常治は、丸熊陶業の絵付師と知って、どきりとした。

店主の赤松は、「今や信楽ゆうたら、絵付け火鉢ですからのう。先生は誇りや」と深野の猪口《ちょこ》に日本酒を注いだ。すでに酔っぱらっていた常治は赤い顔で深野に話しかけた。

「その、なんです、あれは窯で焼く前にちゃっちゃと絵を描いて？」

「ちゃっちゃっ、ちゅうわけにはいきまへん。難しい。今、二人の弟子がおって、一人はものになるのに三年かかった。逃げていく弟子もぎょうさんいるで。この前も、珍しく女の子が来てな」

「女の子！」と言った大野の足を、カウンターの下で常治は蹴った。

「あの子も辛抱出来んやろなァ。華奢《きゃしゃ》で力もなさそうだし。すぐに弱音を吐くやろな」

「吐くかいな！」

「え？」

「そんな根性なしちゃうわ！　一人で大阪行って、三年の間、働いて、盆も正月も帰らんと頑張っとったか！　他のやわなもんとうちの娘を一緒にすんなッ」

大野が「ジョーさん」と止めた。

「おたくの娘さん……」。ほう、という顔で、深野はにやにやと常治を見た。「ちゃうちゃう。ちゃうで。ちゃいます」

「ままッ、一杯」と赤松がまた深野の猪口に注いだ。

夜空には三日月。冴えわたった、きれいな三月の宵だった。


まもなくして、喜美子は深野の弟子として認められた。

毎朝、六時には出勤する生活が始まった。家を出る前、喜美子は必ず、あの信楽焼の紅のかけらに手を合わせる。大阪で、室町時代のものだと言われた喜美子の御守りだ。それほどまで古いものなのに、未だきれいな赤色を保ち、信楽の土の温かみが宿っていた。

作業場に入るとまずさっぱりと掃除をして、黙々と筆で新聞紙に一本の線を引く。それが深野に与えられた課題であった。何千、何万という線をただ引き続ける。食堂の仕事の休憩時間も、終えてからも、できる限りの時間を使って、一本の線を描くことに没頭した。家に帰って皆が寝静まってからは、深野の絵柄の模写をコツコツやった。

ある日、深野が「たまにはこういうの描いて、寄り道するか」と、いくつかのみかんと、その葉っぱを持ってきた。

「寄り道？」

「はよ追いつきたい思うてるやろうけど、近道はないねん。歩く力は、大変な道のほうがようつく。力をつけとけ、今しか出来ひんことや」

今しか出来ひんこと……。喜美子はその言葉を、心に留めた。

四月も一週間が過ぎる頃、作業場に、明日から短大進学のため京都に行くという照子と、信作が顔を出した。

「修業、三年かかるんかァ。うちが短大卒業して帰って来てもまだやん」

「俺が結婚してる頃やな」と、信作が言い、照子は食いついた。

「誰とよ？　あの子か、キョウコちゃんとかいう」

喜美子も驚いた。「へえ、そんな子いたん？」

「三年経ったら、俺は確実に家庭を築いてるし、お前らより幸せを掴んでるわァ」

「腹立つわァー」と照子は歯ぎしりした。

「ほなら、こんな風に三人で会うこともなくなるかもなァ」

三人の心に、ふっと寂しさの風が吹いた。

幼馴染が巣立って、それぞれの道に分かれていく。もう子どもの頃のようにふざけ合って、無邪気に笑い合うことはないかもしれない。照子が、「よし、いっちょやるか！」と声を張り上げた。「やるか、久しぶりに！　外、出よっ」

信作は「何？」と、あたふたした。「草間流柔道や！」。喜美子が構えた。

「とやー！」「とやー！」

「待て、待てや、これ挟み打ちちゃん、どこが柔道やん」

「ええの、ええの、とやー！」「とやー！」「痛いわッ、ひょおぉ！」

三人の笑い声が、信楽の広い空にこだました。


そして年月は過ぎ行き、昭和三四年。

喜美子は二一歳になった。少し大人びた顔つきになり、自転車を走らせ丸熊陶業の仕事場に通っていた。底抜けに青い空と、湧き上がる真っ白な入道雲。新緑の山々と信楽の里に吹き渡る風。この夏、喜美子の人生が大きく変わる出来事が起こった。

第八章　三年やらんと、わからへん話や

新聞紙に一本の線を引く。ただ引き続ける。

その手習いを喜美子は延々と繰り返した。そして不要となった火鉢を会社からもらい受けて、火鉢の外面にみかんや桃、柘榴《ざくろ》の絵などを描いて、描き続けた。

夏の暑い日も真冬の寒い日も、不要になった火鉢をリヤカーに積み込んで、自分に掛け声をかけながら家路を辿った。家族が寝静まると、ひたすら筆を握って練習した。

近道はない……深野が言った通りであった。

昨日よりも今日、今日よりも明日。一日一日は何も変わらないように思えても、数カ月、半年前の自分の線とは確実に変わっていた。日々の積み重ねだけは、自分を裏切らない。

そのひたむきな姿を深野は見てないふりをして、実は静かに見守っていた。


そして、喜美子が筆を握ってから二年半。ついに火鉢の絵付けの一部を任されるときがやってきた。

深野が描く美しく、やすらぎのある絵付け火鉢のお陰で、丸熊陶業は右肩上がりの成長を続け、描き手が不足し、追いつかなくなったのだ。人材に悩んでいた熊谷秀男社長に喜美子から申し出た。

「あの、うちも出来るんやないでしょうか？　いや出来ます！　いや、出来るかどうかやらせてみてください！　よろしくお願いしますぅ」

秀男は「う〜ん」と唸った。深野も唸った。弟子二人も唸った。緊迫した数分が流れて、やがて深野がにっこりした。「ええよォ〜!!　まかせても」

しかし、秀男は黙ったまま作業場から出て行ってしまい、深野は喜美子を気遣った。

「社長はんにも一度ゆうとくから、これや思う絵柄が出来たら一つ持ってって、見てもらい」

「ありがとうございますッ。採用していただけますやろか……」

「わからん。だが、〝打たぬ鐘は鳴らぬ〟ゆうてな、まずはやってみることや。キュウちゃん、絵付けを自分の一生の仕事としてやってく、そうゆうたな」

深野はぎょろっと睨むような目をした。その目の奥で覚悟はいいかと問うていた。

池ノ内と磯貝が顔を見合わせてこう言う。「おお、ほなうちらの仇《かたき》、とってくれや！」

実はこの二人は半年ほど前、意を決して秀男社長のところへデザインした絵柄を見せに行ったことがあった。だが、「うちは深野先生だからお願いしている。お弟子さんたちの絵は求めてへんで」と、けんもほろろだったのだ。

「みんなに、ええなァゆうてもらえるような、いろんな人に目ェ留めてもらえるような、求められてる絵柄を考えることや」

深野はいつになく真剣に助言し、そして、「芸術家の描く、一点ものとは違うで」と付け加えることも忘れなかった。

この日から喜美子の頭はさらに絵柄のことでいっぱいになった。寝ても覚めても考えた。誰からも買うてもらえるような絵柄とは……。

「姉ちゃん、何ぼうっとしとるん！　夕ごはん手伝ってな！」

薪割を終えて、汗だくになった直子が手拭いで顔を拭きながら、口を尖《とが》らせた。薪割自体が大変であったが、真夏や冬は特に大仕事だった。

「ああ、ごめん、ごめんッ、今やるけ！」

いつもと同じ少ない米を、鍋でざっざっと研いでいると、百合子が言った。

「今日、お隣さんから卵もろたん。炊けたらうちが卵のおじや作るで」

「ああ、ありがとうなァ、百合子、すっかり家事できるようになったなァ」

姉に褒められて百合子は嬉しそうにし、直子はプイッと横を向いた。

夜が更けて床に入ってからも、喜美子は図案を考え続けた。……大阪の荒木荘での思い出がふと浮かんだ。忙しかったが、なごやかで楽しかった日々。さだやのぶ子、ちや子や雄太郎。そして圭介、あき子さんやそのお父さん。一生懸命、働いた。いろいろなことを教わった。血が繋がってないのに、皆が家族のように親身になってくれた。人情というものを知った。まぎれもなく喜美子を成長させ、人生の大切な一部になった大阪での三年間だった。

むくっと起き上がると、藁半紙に鉛筆画を描き始めた。〝特別に凝ったものでなく、しかし少しだけ、自分の個性を出して〟と呟きながら、出会った皆の顔を思い浮かべた。今は、なぜか笑顔しか浮かんでこない。いつしか描いている喜美子自身も笑顔になっていた。それは深野が他人には見せようとしない、あの嬉しそうな笑顔と同じだった。

翌朝、喜美子は出勤してすぐに明け方まで描き続けた図案を深野に見せた。深野はそれを見て、「ほぉ〜ほお〜ほお〜」と三回繰り返した。それから頷いて、社長に見せに行けというふうに、顎を上に向けて喜美子を促した。

事務所の前で深呼吸をすると、喜美子はトントンと扉を叩いて、中に入った。熊谷社長が「暑いのぉ」と扇子であおぎながら何やらブツブツと呟いていた。

「西瓜《すいか》は許せる！　西瓜の種は許せるねん、ほやけど葡萄《ぶどう》の種は許せへんど。葡萄の種は面倒くさくて、しゃあないがな！」

応接用の茶色い革張りの椅子には、熊谷敏春が無愛想な感じで座っていた。丸熊陶業の婿養子……照子がこの春に、結婚した相手だ。いずれは社長となる男だが、冷たい感じがあって、喜美子は少し苦手だった。

「あの……あの……」

「ああ、そやった、聞いてるで」。社長は、西瓜に齧りつきながら言った。喜美子はまるめたデザイン画を握りしめた。

そこに入って来たのは信作である。パリッとした半そでの白シャツにスラックスを穿いている。信作は今、役場の観光課で振興企画という仕事をしていた。今日は夏の火まつりの企画書を持ってきたのだ。火まつりには丸熊陶業も毎年、参加する。

「あ、キミちゃんやんけ！」「信作やん！」

「なんや、ここは同窓会の場やないで」と事務局長の加山が意地悪そうにいなし、「ほいで？」と喜美子に聞いた。

「あの、絵付けの新しいデザイン画です、うちが描きました」

「はあ？」と加山は露骨に嫌な顔をした。

「まあまあ、ええやんけ。フカ先生からも言われてるんや。受け取るだけ受けたって」と、秀男社長に言われて、加山はしぶしぶ受け取ったものの、すぐにポイッという体《てい》で、机に放り投げてしまった。喜美子は呆然と見ていたが、すぐに気持ちを切り替えた。

「採用されへんでもかまいまへん。また来年持って来ます」

熊谷は皿にプププッと、西瓜の種を出しながら「ら、来年？」と聞き返した。

「はい、今年がダメなら来年、来年がダメならその来年、何べんでも考えます。考えるの楽しかったです、また持って来てもええですか？」

「ほりゃ別に、まあ、持って来んのんは自由やから」

ゴッホン、と加山が咳をした。敏春は書類から目を上げて、そのやりとりを眺めていた。そこに照子が、葡萄を小分けした皿をお盆に載せて、しずしずと入って来て、「敏春さん、お葡萄です……どうぞ」と、テーブルの上にそっと置いた。そして喜美子と信作に気づくと、「まあ、こんにちは。ごきげんよう」と若奥様らしく微笑んだ。


事務室を出た喜美子と信作は、肩を並べて歩いた。笑いを堪えるのに必死だった。裏の林からは早くも蝉の声が聞こえていた。しばらく歩いた二人は、同時に向き合ったかと思うと「ぶはははははッ！」と、耐えきれずに大笑いした。

照子が見合い結婚をしたのは、この春。敏春は、京都の老舗《しにせ》旅館の三男坊だという。大学卒業後に会計事務所に勤めていたが、父親である秀男社長にいたく気に入られて話がまとまった。

「〝あんな男と一緒になるくらいやったら、ゴキブリ百万匹のほうがァ〟ゆうてたな」。「ゆうてたゆうてた、〝琵琶湖に沈めたるぅ！〟て」。「だけどさっきは、お葡萄、ゆうてたで」。「敏春さん、ゆうてたで」。二人は笑いが止まらなかった。「女ごころはわからん」と信作が言うと「うちも女やけどわからん」と喜美子が言い、また笑い合ったそのとき、照子が「おぬしら、見たなーーッ」と雄叫《おたけ》びを上げて転がるように走って来た。

「初めて見たわ、照子の若奥様ぶりィ〜。聞いたことない可愛い声、出しよって」

「照子も人にどうぞゆうて、モノ出したり出来るんやなァ〜」

「出来るわッ。あれ？　信作、結婚したんけ？」

「してへんわッ！　知ってて聞くな」

「うち、心配してたんやで？　またいつ琵琶湖に沈める言い出すんかと」

するると照子は妙に恥ずかしげな微笑を浮かべた。

「好きになったんやな」と喜美子は照子の目を覗き込む。

「向こうがな」

「好きになったんやろ？」。もう一度、喜美子は訊いた。

「……好きに、なった」

「おお！」と、信作が素っ頓狂な声を上げた。

「あの人、芸術詳しいねん。陶芸のことも、信楽だけやない、日本のあちこちの窯に詳しいんよ。ほんで自分が丸熊陶業を継いだら日本一目指します、ゆうたりすんの」

「日本一は、俺も聞いたで。照子の亡くなった兄ちゃんにな。丸熊陶業を継いで、日本一になるゆうてた」

「うん、ゆうてた」。照子は急にせつなそうな顔をした。いつであったか、子どもの頃、夕暮れの墓地で、年の離れた兄が戦死したと照子から聞いたことを喜美子は思い出した。

皆が帰った後の丸熊陶業の事務室では、社長の熊谷秀男と婿の敏春が話していた。何やら張りつめた空気である。

「これでは融資が受けられません」と、敏春は決算書を舅に突き返していた。

「そこの信金さんなら、なんぼでもサッと貸してくれる。親父の代からの付き合いや」

秀男の言葉に、敏春は首を振った。

「いえ、社長、これからはそうはいきません。事業計画書、戦略いうもんが必要です」

「面倒臭いこと抜かすのォ」

「世の中は、大きく変わってきてます」

そこに加山が加わり、秀男を援護した。

「深野心仙先生を絵付けにと目えつけたんは社長ですよ。ほんで売上が伸びたんです」

「いえ、深野心仙は、もう古いんとちゃいますか。社長はさっき、葡萄の種が面倒くさいゆうてはりましたけど、ほな、種のない〝種なし葡萄〟作ってやろうと考えるんが、世の中を変えていくんです」

「はあ？　種なし葡萄なんか、地球がひっくり返っても出来るわけあるかいな。それに、フカ先生が古いことあるかいな、腐っても鯛や！」

秀男は婿の言い分に憮然《ぶぜん》として事務室を出て行った。加山が慌てて追いかけた。戦後一五年近くが経ち、日本は高度成長の真っ只中にあった。敗戦国からの意地を見せ、人々は懸命に働き、復興のスピードは目を見張るものがあった。時代が急速に変わろうとしていた。一人残された事務所で、敏春はふと、傍らの机に無造作に置かれた新しいデザイン画に目を留めた。絵付け部にいる若い女性が持って来たものだ。確か、照子の幼馴染だとか言っていたな……その絵を眺めながら、敏春はじっと考え事をした。

事務室に戻って来た照子は、夫の敏春しかいない部屋を見渡して「静かやね」と言った。敏春は「このデザイン、どう思う?」と、照子の前に、喜美子の描いた絵柄を広げた。

「誰のデザインですの?」

「先入観を持たんと聞かせてほしい」

「ええと思います。ただ、最終的にはお父ちゃん……社長が決めることやし。社長があかんゆうたら、しゃあないかも」

「……皆、僕に任せるゆうてたのに話が違うな」と敏春は、目を伏せた。

そこに突然、照子の母親、和歌子がばたばたと乱入してきた。

「二人とも、ここにいたんかいな。どうえ? 敏春さん、このシャツ、ええ色やろ」

和歌子は遠慮もせず、敏春の胸にシャツをあてがう。

「やっぱ似合うわァ、思った通りや、なあ、照子！」

「お母ちゃん、また買うてきたん」

はしゃいだ和歌子が「明日また、買い物行くで！」と出て行くと、敏春がぽつりと口にした。

「僕は、いつまで代わりなんやろな」

「えっ？」

「結局、僕はお兄さんの身代わりやから……」

敏春は、喜美子のデザイン画をぽんと置くと、和歌子の買ってきたシャツに見向きもせずに出て行った。初めて見る敏春の表情に、照子は動揺していた。

敏春がなぜ婿養子になると決めたのか、深く考えることなく結婚した。老舗旅館の三男坊はそんなものだろうと、どこかで高をくくってもいた。兄の身代わりなどと考えたこともなかった。しかし、父と母はどうだったのか……照子は初めて敏春の気持ちを深く考えてみて、心がざわつき、これまで気遣ってやれなかった自分を悔やんでいた。

一方、川原の家でも、大きな変化が起ころうとしていた。

直子がついに東京へ行くことになったのである。しかし実のところ、それは三度目の正直だった。昔から東京に憧れて、一七歳になった直子はついに上京。下町、谷中に勤めに出た。東京とはいえ、向こう三軒両隣といった庶民の情のある界隈《かいわい》である。常治がツテを頼って、頭を下げて頼み込んだ問屋だった。どうか娘をお願いしますと、必死で頭を下げたのは、喜美子のときと同じであった。

しかし、直子は一カ月もた経たないうちに、その仕事を辞めて信楽に帰って来た。二回目も同じ谷中で、やはり問屋だったが、ここはその日のうちに辞めてしまった。そして明日、三回目に直子が出発する先は、蒲田にある電化製品工場で、寮もあった。中学校の先生が、直子の行く末を心配して職場を斡旋《あっせん》してくれたのだった。

「こらえ性がないんや、お前はッ！」と怒鳴る父に、「今度こそ、ちゃんとやるゆうてるやろ」と直子は反発した。

「出た。今度こそ。お前は〝今度こそお化け〟じゃ」

「お父ちゃんが行くなゆうても、うちは東京行くで」

「行くななんてゆうてない！　先生がありがたく探してくれたんやッ」

そこへ母のマツが割って入ってくる。

「直子、お父ちゃんの手拭い持って行ってやりい！　そんで拗《す》ねてるんや」

「いややッ、なんであんな汚ったない、汗の染みついた手拭い持ってかならんの！」

年頃の女の子特有の物言いをした直子にカッとなった常治が手をかけた卓袱台を、慌ててマツと喜美子が押さえる。そうしながら喜美子は、かつてはマツが大阪へ行くときの鞄に、常治の手拭いをしのばせていたことを懐かしく思い出していた。

「ほら、皆で西瓜食べよう！　照子にもろた初物や。縁起ええよ」と喜美子が号令をかけた。「初物は東を向いて笑て食えってゆうんよ。初物七十五日ゆうてな、食べたら七十五日、寿命が延びるんやて。フカ先生がゆうてたで」と喜美子が言うや否や、それまでそっぽを向いていた常治は東を向いて、がぶっと西瓜に齧りついた。

百合子が「直姉、楽しそうやね」と東京に行ける直子を羨《うらや》むと、「楽しいわけないやん、工場やで」と返した。そんな妹に過去の自分を重ねるようにして、喜美子は笑顔で諭す。

「直子、うちもな、絵付けは最初からしかめっ面しか出来へんかった。大量生産やから同じ絵を繰り返し、繰り返し描くんや。だけど、そのうちそれが楽しくなってくる。今はもうすっかりニコニコや。三年やらんと、わからん話や」

「ふん、ずっとやれたらたいしたもんや」と、常治が種を宙に飛ばしながら言う。

「やる。うちはずっと絵付けをやる！　一生の仕事を見つけたんや」と父に反論してから、喜美子は直子に向き直った。「楽しくないゆうてたら、見つからへんかもな。電化製品作るんでも、やったら楽しいかもしれへん」

翌朝、直子は東京へと旅立った。急に常治も一緒に行くと言い張り、東京まで同行することになった。二人分の高い汽車賃は、喜美子の美術学校の学費として貯めていたものを充てた。「ほな、しばらく留守頼むで」と手を振る常治。「体には気ィつけるんやで」と直子の背中にマツが言うと、振り向かぬまま頭をこくんとした。「直姉ちゃん！　直姉ちゃん」と不意に泣き出した百合子の肩を、喜美子はぎゅっと抱き寄せた。

「うちはどこにも行かへん、大阪も東京も、どこにも行かへん！　この信楽から一歩も出えへん」と百合子は泣きじゃくる。家族といえども永遠ではなく、いつか離れていかねばならぬことを、一三歳の百合子は今日、実感したのかもしれなかった。


この数年、売上が伸び続けている丸熊陶業には、事業拡大のため新たな従業員が三人も入ってくることになった。採用を決めたのは敏春だ。主力商品の火鉢とはまったく違う、自社製品の企画開発を狙ってのことだった。新しい社員が入ると知って、西牟田や黒岩、田原といった古株の陶工たちは昼飯を食べながら、「年寄りは辞めさせられるかもしれん」と、ぼそぼそと互いの顔を見合った。そこに敏春が新人を連れて入ってきた。「挨拶に回らせてもろてます、新しい社員です」と古株たちに遠慮がちに紹介した。

「藤永一徹です。京都の大学で美術工芸を学んで、奈良の陶器会社で企画開発をしておりました。今回、社長さんに誘われてこちらに来ました」

「おいおい、社長やないで」と、敏春が慌てるようにして否定する。

「あ、若旦那さんに誘われてこちらに来ました。よろしゅう頼みます」

「津山秋安いいます。生まれも育ちも大阪で、大阪の工業大学を出て、大阪の資材研究員をやっておりました。よろしゅう頼みます。あ、僕も若旦那さんに誘われてきました」

そして三人目に自己紹介をしたのが、十代田《そよだ》八郎だった。先の二人と違って、ぼさぼさ頭で身なりにかまわず、シャツには不慣れな縫い方で当て布がしてあった。

「十代田です。出身は僕も大阪で、京都の美術大学で陶芸の奥深さを知りました。学生に陶芸を教えておりましたところ、こちらを紹介されてきました。信楽でものづくりするんを楽しみにしております。よろしゅうお願いします」

敏春と三人が退出すると、緑と八重子は「皆、大学出とるんやねぇ、すごいなァ」と感心した。西牟田が「企画とか開発とか、ようわからんな。うちら、土と薪触るしかでけへんからなァ」と、節くれだった手で茶をすすり、「丸熊も変わっていくかもしれんなァ」と、黒岩が楊枝で歯をせせりながら言った。

その日の夕方、丸熊陶業の食堂に、七月末に行われる火まつりのポスターを貼りに来た信作と、やかんを取り替えに来た喜美子は顔を合わせた。そして片隅でうろうろしていたのが、十代田だった。昼飯を食べそこねた陶工たちが食べる時間帯で、この日の魚の煮つけと切干大根などをもそもそと食べ終えた十代田は、茶碗の返却口がわからず右往左往していた。そこに喜美子が声をかけた。

「貸して。やっときます。さっき、私のいる絵付班に挨拶に来られた方ですよね？　うち、前にここで働いてたんです。これはここ、これはこっちに戻して」

「はい。すみません」

「こちらは役所の観光課の大野さん。うちら幼馴染で。今日は、火まつりの宣伝に来たんよ」

「あ、はじめまして、あの大野信作いいます。新しい人？　年近くて嬉しいなァ」

「僕は十代田八郎いいます。あの、火まつりゆうのは？」

「あ、それは……」。信介がもごもごと口ごもるので、代わりに喜美子が、地元の火まつりについて説明した。信楽の火まつりは、江戸時代以前から続く火の神様に感謝する夏祭りであった。焼き物づくりに火は欠かせない。その火は神様が与えてくれるものだから、信楽の人は心から感謝をして、数百人あまりが祭りの夜、新宮神社に集まると、松明《たいまつ》を手に持って山道を歩き、愛宕山山頂にある秋葉神社と、陶器神社に奉納するのである。

「なるほど、ここには、陶器神社ゆうのがあるんですね。僕はここ、信楽の土が好きなんです。火で焼き上げたとき、ちょっとざらざらしとる感じが」

　それを聞いて喜美子は嬉しくなった。

「わかります、うちも好きです！　ちょっとざらざら、洗練されてないゆうか……素朴な感じ」

「それや、素朴！」と、十代田は笑顔を見せた。飾り気のない笑い顔だった。この人こそが素朴……と喜美子は思った。

「なんや、二人で。俺かて信楽焼は大好きや！」。信作は負けじと言う。

「あの……」十代田は喜美子を見た。

「あ、私は川原喜美子いいます。大阪生まれで九歳のとき、こっちに来ましたんや。借金取りから逃げて来ましたァ」

「えっ」

「ほんまのことですぅ。あははは ッ！」と、喜美子は笑い飛ばした。

「八郎、呼んでいいですか」と信作は訊いた。

「なれなれしいわッ」。「いや、ハチでいいです！」。三人は早くも意気投合したようだった。

同じ頃、丸熊陶業の事務所では社長の秀男と妻の和歌子、娘の照子が話し合いをしていた。敏春を婿に迎えてから、世代交代について話し合ってきたが、頑《かたく》なな秀男は、引き際がわからずに社長の座に執着していた。

「何も、譲らんとはゆうてへん」と、秀男は腕を組んだ。

「船頭が二人もいたら、山登ってしまうで。敏春さんがいろいろ考えてくれてはる。任せたらええやん。ほんでうちらはもう悠々自適でええやん」と、和歌子はなだめた。

「何が悠々自適やッ！　ほんま、腹立つのぉ」

「お父ちゃん」と、照子は真顔で話しかけた。

「敏春さんはお兄ちゃんとは違うねんで。敏春さんは敏春さんや。お兄ちゃんの代わりにするのは……やめよ」

秀男は、我が娘に腹の奥を見透かされた気がして言葉に詰まっていたが、照子はそんなことはお構いなしに、敏春が気にしていた新しいデザインの絵柄をすばやく目で探した。

「なんや？」

「このあいだ、敏春さんが次の火鉢の絵柄に採用したいゆうてたデザインの絵、確かこのへんに……あ、あった！　これや。お父ちゃん、敏春さんの話もちゃんと聞いてあげてください」

「そら……絶対あかんゆうことはないけど」。絵柄をまじまじと見ながら敏春は言った。

「ほなこの新しいデザイン、採用してあげて。敏春さんの目に狂いはないはずや」

「照子、それ、誰が描いたデザインか、知らんとゆうてんのけ？」

「……えっ？」

まもなくして、喜美子は新聞の取材を受ける立場になってしまった。〈滋賀日報〉文化部の、男性記者が打ち合わせに来た。敏春は丸熊陶業の新しい時代に向けて、信楽初の女性絵付師として、喜美子を世間に知ってもらおうとしたのである。

　この文化部の部長と敏春が知り合いだったことで、話が進んだ。秀男社長は、たいしたもんやなァと珍しく婿を褒めた。新聞に出るなんて、と喜美子は戸惑いながらも、絵付師として認められる嬉しさを噛みしめていた。敏春は喜美子に、取材の日はなるべくきれいで可愛らしい服を着てくるよう指示を出した。そう言われて喜美子は慌てた。可愛らしい洋服など一枚も持っていない。着たこともない。いつも洗いざらしの木綿のシャツとズボンである。仕方なく、マツに相談すると、マツは大野陽子のところにすっ飛んで行った。

「そりゃ一大事やっ！」と、陽子はブラウスやワンピースやネッカチーフなどを見繕い、家にどっさりと運んできてくれた。そういえば昔、最初に就職が決まったときも、陽子がこうして洋服を用意してくれたのだった。

　そして一週間後、いよいよ取材の日を迎えた。生まれて初めて口紅なるものを塗り、着慣れないワンピースを着た喜美子は、いかにも可愛らしいポーズを助手の人から求められて困惑した。火鉢の前で絵筆を持つポーズも、喜美子には違和感があった。いつものうちとまったく違う……だがカメラマンは、こちらの気持ちなど考えもしない様子でパチパチと撮影し、そのままインタビューが始まった。

「川原喜美子と申します」と、礼儀正しく頭を下げた。

「それやと固いんで、愛称とかないですか?」

言葉に詰まる喜美子に、横から秀男社長が口をはさんだ。

「キュウちゃん呼ばれてる。深野心仙の、九番目の弟子入りやさけ」

「深野心仙?」と、記者はその名前に興味を持ったようだったが、敏春が話を中断した。

「信楽初の女性絵付師の話に絞ってください。丸熊陶業のマスコットガールみたいな感じでいきましょう」と。すると記者が閃《ひらめ》いたとばかりに帳面に鉛筆を走らせる。

「じゃあ、喜美子さんだから、ミッコーはどうです? ミッチーブームにのっかって」

時は、明仁《あきひと》皇太子のご成婚、初の民間ご出身のお妃誕生に日本中が沸いていた。正田美智子さんをマスコミは親しげにミッチーと呼んでブームを作り上げていた。

ミッコーはええな! と喜ぶ男たちの声を聞きながら、喜美子は、マスコットガールという言葉が引っかかった。

「あの、うちは深野心仙先生のもとで三年間、学ばせていただいて、ようやく絵付師として食べられるようになりました。記事に必要なんは、そういう話ちゃいますか?」

しかし敏春は、喜美子の言葉を無視して、不意に「ホットケーキゆうの、食べたことありますか?」と尋ねる。

「えっ?」と喜美子が首を傾げているあいだに、敏春は記者に「好きな食べ物はホットケーキ。食べるのが夢でした、と書いてください」と言う。「ああ、ええですねぇ。可愛い話です！」と記者は頷いた。

　自分の意思とは違うところで、自分ではない女性像が勝手に作られていく。命がけでやろうとしている仕事を軽々しく扱われているような気がして、喜美子の胸の内で嫌悪感が膨らんでいった。しかし敏春は、大切な親友の旦那さんである、しかも、自分のデザインに目を留めてくれた人だ。恩人である。喜美子は数十秒の間、激しく葛藤した。……しかし、やはり嘘をつきたくはない。気がつけば、立ち上がっていた。

「すんません、うちは絵ぇ描くのが好きで、絵付けで生きていこうと思うてるだけです。こういうんだったら、うちはもうやりません」。そのまま、席を後にした。

「なんや、熊谷さん、彼女、早くも芸術家気取りやんけ」と記者は揶揄《やゆ》した。

「こういうことに慣れてなくて、えらいすんません……」

　敏春が苦々しい顔で頭を下げた。


　数日後、上がってきた新聞記事には、大きな文字で〈信楽初の女性絵付師〉、〈丸熊陶業のマスコットガール、皆からミッコーと呼ばれて〉、〈ホットケーキが大好き〉と見出しが躍っていた。絵付けの話などどこにもない。むろん、恩師である深野についての語りは微《み》塵《じん》もない。喜美子にとっては、あまりに不本意な記事で悲しかった。

　一方、丸熊陶業内は喜びで沸いていた。ほうぼうからお花やお酒が届いた。そして早くも、〝ミッコーの火鉢〟の注文が続々と入ってきた。加山は、「さすがに策士ですなァ」と、敏春を持ち上げた。無論、マツも百合子も陽子も大喜びである。だが、東京にいる常治にはまだ黙っていることにしようと話し合った。

そんな中、喜美子は深野に謝りに行った。

「先生、すみません。私、先生のこともぎょうさん話しました。でも載ってないです」

深野はまったく気にしなかった。いつも通り「ええよぉ〜」と楽しそうに笑う。

「おおう、きれいによう撮れとる。タヌキが化けてるんちゃうかと思うたで」。しかし、池ノ内と磯貝は不服顔だった。

「なんや、ミッコーって?」。「ホットケーキ、食うたことないやろ」

「ミッコー、ええよぉ〜、ホットケーキ、ええよぉ〜」と、深野がおどけた。

喜美子は深野を強く傷つけてしまったと感じ、どう謝ったらいいのかをずっと考えていた。しかし、そんな心配をはるかに超えるほど深野の懐は大きかった。

翌日。食堂で十代田八郎にバッタリ会った。

「川原喜美子さんですよね、ミッコーとは何ですか」

「怒っとるんですね、あの記事を……。深野先生のことも話したのに、一言も書かれなかったんです」

「知ってます、深野心仙。日本画の、芸術賞もとられたこともある有名な」

「あ、知ってはる？」

「それを一言も触れてないなんて、失礼じゃないですか」

「すんません、すんません……」。喜美子は頭を下げながら、八郎という男を、不思議な人だと感じた。他の人とはどこかが違う。とてつもなく真っ直ぐな青年だ。そしてどこか自分に似ているとも感じた。

その後、絵付けの作業場に、八郎は突然やって来た。深野は、誰やという顔をした。

「僕は十代田といいます。あの、入社してすぐにご挨拶させてもらいました。実はあのときに、ほんまは先生に言おうと思うたことがあります。今日、あらためて言わせてもらいます。実は深野先生の絵が、僕の実家の床の間に飾ってありました」

「エ？　どんな絵ぇ？」

「鳥が二羽、水辺を飛んでいました。美しい山があって、こちらのほうから、すーっと日の光が……。祖父が日本画が好きで、亡くなってから形見ゆうてもらったもんです」

「ほう、そりゃ、ありがたいなァ」。深野は心から嬉しそうに笑みを浮かべた。

「いえ！　白いごはんに替えました」

「……」

「僕が、一一のときです。闇市に行って売りました。大事な絵を、祖父の形見を持って、転々としていちばん、高う買ってくれる人を探して売って。ほんで白いお米と、卵三個に替えて……。美味しいなあ、美味しいなあゆうて、皆で食べました」

喋りながら八郎はぽたりぽたりと涙を流している。深野と喜美子は、じっと聞き入った。

「今回、こちらに来ることになって、絵付けをしておられるのが深野先生だとわかってて……ああ、これはもう偶然ちゃう、必然ともわからん、お会いしたらすぐ頭下げよう思うてました。すんませんでした。でも先生の絵のお陰で白いごはん、卵……。ありがとうございました」

喜美子は、深野が怒鳴り出すのではとドキドキした。しかし、深野は何喰わぬ顔に戻って、八郎を見た。

「ええよぉ〜。若い頃に描いた名もない絵ぇや。忘れんとってくれてありがとうなぁ」

八郎は、それからも何度も頭を下げた。喜美子は八郎の話を聞きながら、あのマスコットガールの記事の件で、流されそうになっていたものについて想った。それは、「初心」である。

自分は何一つ変わっていないのに、ここ数日の取材と周囲の騒動は、衝撃的であった。ああやって、人は自分を見失っていくのかもしれない……。それを深野と八郎が今、気づかせてくれた。そして深野の、何の権威にも名誉にもこだわらない、ただ絵を描くことが好きで生きてきた人の、純粋さとやさしさにあらためて心を打たれた。

一度は修羅を見た人が得た、本物のやさしさなのだ。

直子と常治のいない家は、やたらと静かだった。百合子は子どもの頃のように、まだマツの横に寝ていた。小さな寝息をたてている。

喜美子は一人卓袱台の上で、八郎の話していた深野の絵を空想しながら、ゆったり鉛筆を動かした。鳥が二羽、水辺を飛んで……。

第九章　職業婦人として生きていく！

その日、丸熊陶業内は騒然としていた。社長の熊谷秀男が突然倒れ、間もなくして息を引きとったのである。一週間ほど前から胸のあたりが痛いと言っていたというが、それほどの大事だとは、照子をはじめ家族の者も気づかなかったという。

葬儀は身内だけでやることになった。先代が逝去した際の盛大な社葬を見て、秀男は前々から、自分のときは親族だけで静かに見送るようにと妻、和歌子に伝えていたという。

喜美子は照子を案じたが、会えたのはそれから一週間ほどしてからだった。夕方遅く、掃除と後片付けをしていた喜美子のもとへ、照子が夏みかんをどっさり持ってやって来た。

二人は目を見交わしただけで、黙って窓辺に座って夏みかんを食べ始めた。窓からは葉《は》鶏頭《げいとう》の赤い花が見えた。二人は競争するかのように食べた。

「ぺろりやったな」、一息ついて喜美子が言った。

「久しぶりにぺろりや。ここんとこ、食欲なかってん」

「そりゃそうやろ」

「お父ちゃんのことだけやない、お腹に赤ちゃんいんねん」

「えっ」

「気づかんかった？　それもあってな、父の葬儀はうちの身体のこともあって、静かにやろうゆう話になってん。ご愁傷様とおめでとうが、同時到来や」

照子は何ともいえない顔をした。林からひぐらしの声が聞こえてくる。

「結婚も出産も、親の死も、あんたらより先に経験してるわ」

「照子は大人になってくなあ」

「はよ追いつけ」

「照子、ちゃんと泣いたほうがええで」

「……」

「そんな急いで大人にならなんでもええ」

照子は泣きそうな顔を堪え、いつもの強気な口ぶりになって反論した。

「誰が泣くか！　うちは先に家族を一人亡くしてるさかい、お母ちゃんにしてみれば、お兄ちゃん戦争で亡くなしたときのほうが、理不尽やったんちゃう？」

「そうか……。照子、敏春さんいはって、助かったな」

「……うん、助かった」

陽が落ちて、あたりが薄暗くなっても二人はずっと窓辺に座っていた。

秀男社長が亡くなって一カ月が過ぎた頃、婿の敏春は、晴れて丸熊陶業の四代目となり新たな改革を推し進めようとしていた。しかし、若い社員らを迎えての商品開発を進めるということは、火鉢の生産を縮小していくということでもあった。

今や、日本中の家庭に電気やガスが引かれ、火鉢はゆくゆく必要なくなっていくと敏春はみていた。それはつまり、絵付け火鉢も不要となるということだ。

ある夜、深野は弟子二人を、話があると〈あかまつ〉に誘った。店内は陶工たちで賑《にぎ》わっている。朝から火と土にまみれて、力仕事をしている男たちにとって、仕事終わりに寄る一杯は、何よりのご馳走であった。

二人が店に着くと、深野はすでに茄子のお新香をつまみに日本酒を飲んでいた。

「なんですやろ、話て」。二人は、伏し目がちに尋ねた。深野はしばらく押し黙って、酒を一杯あおってから、ゆっくりと口を開いた。

「信楽には、秀男社長さんに呼んで貰て来た。その社長さんが亡くならはった。まぁ、その前からぼんやり考えとったことなんやけどな。……信楽を去ろうと思う」

喜美子は、夕ごはんのすんだ家の台所で芋餅を作っていた。力を入れて粉をこねながら、先日、照子が言っていた言葉を思い出していた。

「いずれ喜美子にも、深野先生から話があるやろ、今後のこと」

……照子が何を言わんとしているかはぼんやりわかった。それは喜美子に再びやってきた、人生の選択のときだった。

人生には否応《いやおう》なしに、次から次へと転機が訪れる。

そして川原の家では、もう一つ、末娘の百合子の身の振り方で問題が起こっていた。

明日、進学のことで学校から寺岡先生が来るというのである。寺岡先生は喜美子の進路のときも親身になってくれた先生であった。母親のマツだけでは心もとないと百合子にせがまれ、喜美子は早めの帰宅を約束した。

風呂で行水を終えて戻ってきたステテコ姿の常治は、すでに汗だくである。パタパタと団扇《うちわ》であおぎながらマツのほうを向いて、しかし百合子に聞こえるように大声を出した。

「女に学問は必要ないで！」

かつて喜美子にも同じセリフを父は言った。

「明日、先生の前でもそう言うからな。ほな〈あかまつ〉行ってくるで」

「行かんでええ！」。喜美子は腹立たしく言った。

「毎晩、浴びるように飲んで。体壊すで！　第一、どこにほんなお金があるん！」

「うるさいッ！　女に学問や？　何ぬかしとんのやッ！」

ビシャッと玄関の戸を閉める音がした。

翌日の夕方、寺岡先生がやって来た。喜美子は再会を懐かしんだ。少しだけ歳をとっていたが、かくしゃくとした感じは変わらない。百合子の通信簿の成績はよく、特に家庭科は得意だと言い、先生はいきなり滋賀の県立短期大学の話を切り出した……。

「何が大学やァ！」。常治は、こめかみに青筋を立てて興奮した。

「短期大学です」と寺岡先生はキッパリと言った。喜美子は百合子と向き合った。

「百合子、その短期大学？　行きたいの？」

「うん。調べたら、そこ行ったらな、教員免許ゆうのがとれて、家庭科の先生になれる。うちも、姉ちゃんみたいに自分の好きなこと、得意なこと、見つけたい思うてたんよ！」

「そうかァ、そんなこと考えてたんか」。マツがしみじみと言う。

「県短目指すなら、高校は甲賀一高がええんやないかと」と、先生は素早く言ったが、常治はぶすっとしたまま大声で反論をする。

「高校は、そもそも行く必要ない。女に学問は必要ない。また同じこと先生の前で言わすんか？　うちには高校行かす余裕はないいて、また昔と同じこと言わなわからんのかッ！」

しかし百合子は動じない。

「なんで。昔とちゃうやん。今はお姉ちゃんたち働いとるし」

常治はますます苦虫を潰したような顔になった。そして、直子から〈カネ　ナイ　オクレ〉という電報が来たことと、丸熊陶業は今後火鉢は作らないから、喜美子の仕事もなくなるかもしれないということなどを、堰を切ったように話し出した。

「お父さん、見ましたよ、キミちゃん、マスコットガール、ミッコーゆうて」

「いや先生、まだ弟子ですわ。見かけだけ一人前で、お給料は一人前にはまったく足りてませんのや」

百合子は父の言葉に目を丸くする。それまで黙って聞いていた喜美子だったが、しっかりした口調で切り出した。

「それは、うちが女やし、中学しか出てへんからです」

「何ぬかす、ちゃうわ、弟子やからや。九番目の！」

「女で、学もないからちゃうの？」

「うるさいわッ！　すんまへん、寺岡先生にはつくづく、うちの恥を晒け出す運命にありますなァ」

寺岡先生は申し訳なさそうな顔をして、黙ってしまった。

その夜、床を並べた百合子は、天井を見ながら喜美子に話した。

「お姉ちゃんも大変やったんやね。寺岡先生、姉ちゃんのこと、よう覚えてるって。高校へ行かせてやりたかったゆうて。お姉ちゃんが新聞に載ったとき、わざわざ学校に持って来てな、この子、教え子やッ、立派になりましたァ、ゆうてな」

「そうやったん」

「先生な、一回、隣町の学校に移ったとき、教頭になるかならんかで、飲めへんお酒を、よう飲まされて。ほんで教頭やらんと戻って来たんだって」

そうだったんや……。話を聞きながら、喜美子は、ちや子のことを思い出した。痩せこけた体で化粧もせず、朝から夜中まで取材で駆けずり回っていた姿を。正義感が強く真っ直ぐだったことを。そして、さだも言っていたと聞いた。「女が仕事をしていたら、山のようにしんどいことがあるんや……」と。

いろいろ想いを巡らせているうちに、喜美子はむくむくと頭をもたげてくる気持ちを抑えられなかった。

「百合子、うち稼ぐで！　これから。県短も行かしたるッ、待っとき！」


山奥とはいえ、信楽の里も連日の暑さの中にあった。

向日葵《ひまわり》の花はすっかりうなだれ、畑の茄子や胡瓜も虫に食われていた。百日草のまわりを蜂がブンブンと音を立てて飛び回っている。陽ざしの中で山の斜面を覆う茶畑だけは、八十八夜の茶摘み時期を過ぎても、青々と茂っていた。朝宮《あさみや》茶と呼ばれる信楽のこの茶もまた、千二百年近く前、近江の国・紫香楽朝宮《しがらきあさみや》の地に植えられた茶の実で、茶農家の人々の手によって繋がれてきたという歴史がある。

絵付け場で筆を洗っていた喜美子のところへ、十代田がやってきて、おもむろに尋ねる。

「あの、深野先生は……お独《ひと》りですか。そのご結婚とか、ご家族とか」

「急にどうしはったんです？　以前はどうか存じませんが、けど、今は独りやと思います」

「寂しいですよね、いつまでおられるんか、お聞きしとうて」

「えっ、今、なんて？」

「もし火まつりのときにまだおいでやったら、松明担いで歩くのん、ご一緒させてもらいたいなァ思て。あ、丸熊陶業は、喪中やからやりませんか？」

喜美子は十代田の言っている意味がわからなかった。

「ああ、川原さんもご一緒でもええです。松明担いで、思い出づくりしたいんです」

思い出づくり？　喜美子はますますわからなくなった。

「何ゆうてますのん」

「せやから、一緒に歩きたいんです。最後やし」

「最後？」

「先生が信楽、去るいう話……」。喜美子は絶句し、十代田は、しまったという顔をした。

「どういうことです？」

「いえ、あの、ご存じなかったんやったら」。十代田はそろりそろりと後ずさりした。こんな大事なことを自分の口から言ってはいけない、そう思って逃げようとした。

「待ちなさい！　言うてエや！　ずるいわ」

喜美子は十代田のくたくたのシャツの襟をむんずと掴んで、勢いよく体を壁に押し当てた。顔を近づけて、白状しろと言わんばかりである。

「痛ッ！　ば、馬鹿力！」。「うち、柔道やってたさかいな！」。「じゅ、柔道！」

「草間流ゆう。ほいでなんやて？　どういうことや？」

「あ、あの、顔、近いですぅ、こ、この距離」

「……あ、そやな」

よく見ると十代田は、きれいな目をしている。その目をパチパチとしばたたかせた。喜美子は急に恥ずかしくなって十代田の首から手を離した。そして部屋の真ん中に椅子を二脚持ち出して、さしで座るよう、ここ！　と、指差した。十代田は観念して座った。

「あの、僕も偶然聞いてしまったんです。加山さんから事務所にお茶持って来てほしいて。何時頃やったかなァ。僕と深野先生は、偶然とゆう糸で繋がってるんかもしれません」

「そこ、いらん。はよその先の話を」

「えっ、せやから、火まつりまでおられるかどうか、川原さんに聞きに来たんです」

喜美子は深く息をした。一挙にいろいろな思いが駆け巡って、寂しさがこみ上げた。そんな喜美子を見て十代田は、申し訳なさそうにした。

室内が急にがらんとしてしまった気がする。よく見れば、深野が使っていた机の周辺が妙に片づいていることに気づいた。

「いつ？　いつ辞めるゆうてたかは聞いてんの？」

「いえ。ただ早々に出発するゆうて。長崎へ」

「長崎⁉　なんでそんな遠いとこへ？」

「引き際は潔くって。若い世代を中心に丸熊陶業を大改造されるんを、遠くから応援するゆうてはりました」


深野が信楽の地を離れて、長崎行きを決めたのは、秀男社長が亡くなって一カ月経った頃である。そう遠くないうちに絵付師はいらないと通達されるだろうと覚悟していた。

だが生涯、一絵描きとして人生を全うしたいと考えている深野に、引退の文字は浮かばなかった。あの辛かった戦地から生きのびて、絵を描くという喜びをようやく取り戻したところなのだ。亡くなった社長から声をかけられ火鉢の絵付師となって、自分の描いた絵の火鉢を人々が囲んで暖をとり、魚を炙《あぶ》ったり餅を焼いたりしてくれることが嬉しかった。

考えた挙句、深野は行動に移した。

それはいつであったか、陶芸雑誌を見ていたときに目に留まった長崎県の窯元で、絵付けの研究をしているという、まだ三十代の男性の記事であった。名を森田隼人といった。

深野は押入れの奥にしまっていた雑誌を探し出し、森田という青年に長い手紙を書いた。

この人なら絵の心を、陶芸というものの温かさを知っている……。この人から絵付けを一から学びたい、そう思ったのだ。そして返事は、「すぐに来てください」というものだった。この話を〈あかまつ〉で池ノ内と磯貝に話した。

深野の進もうとする道に、弟子の二人はいたく感動した。幾年月を過ごした、師匠の深野と別れることは寂しく悲しかったが、この夜から、自分たちそれぞれの進むべき道も摸索し始めることになった。師匠から学んだことを、生かしていくのは自分たち自身なのだ。

旨そうに酒を飲む深野に、二人は訊いた。

「……先生、ひょっとしたら自分の年齢、その手紙に書かなんだんやありまへん？」

「さすが弟子一、弟子二やなァ」。深野はニタッと笑った。

「先生らしいわ。自分の親ほどの弟子が来たら、その森田ゆう人、びっくりするでェ」

「イヒヒヒヒーッ」

〈あかまつ〉の店主が、高い地酒を取り出してきて、大ぶりの猪口に並々と注いで、黙って深野に差し出す。「おおきに」。深野は味わいながらゆっくり飲んだ。

深野が辞めると知った喜美子は、初めは茫然としたものの、十代田の言葉で勇気づけられた。それは「挑戦」という言葉であった。

「先生はここで終わるわけやない。まだまだ先を見据えておられる。新しい挑戦です」

「挑戦……」

「絵付けのことを一から学び直して、ゆくゆくはさまざまな工芸品に、絵付けの技術を生かすことを考えるゆうてはりました。ほんますごいです、深野先生は」

　喜美子に笑顔が戻った。

「うちも、行こかな……長崎」

「えっ」

「うち、フカ先生、大好きです。尊敬して、信頼して、フカ先生やからついて行こ思うて。三年間頑張って。今も、お給金ちょっとでもかまへん、先生の元でやれるなら、そう思うて……絵付け……絵付けを」

　話しながら、みるみる涙声になった。

「すみません、ありがとォ、十代田さん、教えてくれて。火まつりに行けたら……松明持って歩くんは先生、うち、十代田さんの順番やで。思い出作ろや」

「ありがとう、川原さん。それにしてもさっきの馬鹿力、すごかったです」

「え、本気出したら、あんなもんやないで！」。喜美子は鼻をすすりながら笑った。

　数日後、喜美子は深野からあらためて、長崎行きの話を聞いた。喜美子自身、進む道を真剣に考えるときが来たと感じた。

　丸熊陶業の事務室に呼ばれたのもその頃であった。席には敏春社長と加山がいた。

「照子の調子はどうですか?」と、喜美子は気遣いをみせた。すると敏春は、顔をほころばせて父の顔になるのを、書類に目を通していた加山が、さりげなく制した。

「で、川原さんはどうするの? 先生がいてはらへんようになったら、辞めるんちゃうか、長崎について行くんちゃうか、照子がゆうてました」

「ほやけど社長、マスコットガールに辞められたら、困るんちゃいます?」

「そんなゆうたら、本人の負担になるわ」。そしてやや冷ややかな口調でこうつけ加えた。

「気にせんと、好きなとこ行ってください。絵付けできる人は他にいくらでもいてますさかい……」

喜美子は黙って、軽く会釈をして部屋を出た。

これが世の中というものだろうと、胸に灰色の雲がかかったような気がした。

この数日で、深野の弟子、池ノ内は、京都の老舗の土産物屋で絵付け教室を開くことが決まり、磯貝は、大阪の専門学校の陶芸科の先生になると次々に決まっていた。

深野は大いに喜んだ。「二人は先生になって、こっちは弟子やッ、面白いなァ、面白い人生やッ」と団扇を片手に妙な踊りを始めて、〈深野組〉の三人を笑わせた。残るは喜美子だった。

家と職場との毎日の往復路でも、喜美子は考え続けた。あるときは田んぼの草の土手に座り、燃えるような夏の夕焼けをずっと眺めた。夕焼けは刻々と変化を見せる。一瞬たりとも同じ光景はない。

あのとき、信楽に来た日に山道で拾った紅色の陶器のかけら、あの緋色と同じ色だと思った。あれが室町時代のものなら、そのとき作った昔の職人さんは、今日と同じような色の空をきっと見たことになる……。


家では連日、父親の常治があせもを掻きむしりながら、ひどく不機嫌だった。

マツも娘の身を心配していた。

「丸熊さんとこ、若社長さんの代になって、今までおった人間は切り捨てられていくんやろ？」

「何ゆうてんの」

「皆、絵付け職人さんがクビになったゆうてるよ？」

「皆て誰よ？」

二人の会話を聞いていた常治が、「皆は皆やッ！」と大声を上げた。マツは卓袱台を拭きながら心配そうに喜美子に尋ねる。

「ほんまに皆、心配してくれてな……マスコットガールゆうて持ち上げられて、ほんで先生おらんようになって……クビになったのは、フカ先生だけやないんやろ？」

「……クビになってへんわ！　一番、二番さんたちも京都や、大阪で！　フカ先生は長崎行って、絵付けを一から学ぶんやッ！　挑戦やッ、お父ちゃん、わかる？　どんなスゴイことか。いくつになっても学ぼうとしてるんやで。森田隼人ゆう若い人の下で、弟子になるんやで。そんなん出来る？　自分の好きなこと追いかけて！　フカ先生は、フカ先生は、スゴイ先生や」

家の中が一瞬、静まり返った。常治は、ぼりぼりと首や背中まわりを掻いた。

「手拭いで、拭いても拭いても……汗だくで追いつかへん。痒《かゆ》くて痒くて、真っ赤や。ほんでも運ばんならん……仕事やさかいな」

「……？」

「喜美子、お前は世間の何を知っとる？」。常治は珍しく、やさしい声音になった。「世間の、どんだけの人間が、やりたいことやってる思う？」

喜美子は黙っていた。

「好きなこと追っかけて？　そんなんで食べていけてる人間どんだけおる？　運送の仕事な、ただのいっぺんも、楽しぃ〜、好きやわァ〜、好きでたまらんわァ〜、思うたことないで。思うわけないわ、仕事やもん。稼がんならんから、一生懸命やる、ほんでもな、ほんでも、家庭科の先生なりたいゆう娘の願いも、叶えてやれん。ここだけの話、ほんま情けない。わしの白髪もぎょうさん出てきた。……もしお前が、深野先生のような人間だけが、素晴らしい人間思うんやったら……、出てってくれっ！　出てけッ、出てけッつーんやッ、あほんだらッ！」


翌日。会社の事務室に喜美子の姿があった。きりりと何かを決意した強い表情であった。

若社長はお忙しいから手短にと言う加山に微笑みかけて、喜美子は社長の前に進み出た。

「深野先生とお弟子さん二人は、信楽を去って行かれますが、うちは残って、引き続き、お仕事させていただきます。マスコットガールでも、ミッコーでも何でもかまいません。それがお仕事であれば……、一生懸命やらせていただきます！」

「ええ心がけですぅ」と、加山はにっこりした。

「つきましては、信楽初の女性絵付師として、その、それに見合った要求といいますか」

要求と聞いて、社長は喜美子の正面を向いた。

「あの、うちはもう、九番目の弟子ではありません。もうキュウちゃんやないんです。今後は、一人前として扱っていただきたい、そういうことです！」

「……つまりは賃金を上げてくれ、ゆうことですか」と淡々と敏春は聞いた。

「はい」。喜美子はキッパリと答えた。だが、それには加山は反発した。

「よう言うわあ、女だてらに！　中学しか出とらんのに」

「すみません！　ほやけど稼がならんのです。今までみたいなお弟子さんのお給金やと……うちには家族がおります。下の妹を進学させてやりたいし、電話かて引きたいし。いつまでも、こちらにも大野雑貨店にも、呼び出し電話させていただくのも申し訳ないし」

「ほな、養うてもらえる相手、見つけはったほうが早いんとちゃいますか」

敏春は、こともなげにそう言った。そのとき、喜美子の闘争心に火がついた。

「うちは、職業婦人として生きていくつもりです！　ご検討ください、お願いします」

喜美子の真剣な目は、熊谷敏春の何かを動かしたようだった。

「正直いうと、絵付係は、深野先生がお辞めにならはったんを機に、解散しよう思てました。よその下請けに外注しようと。そやけど、やめます。川原さんに任せましょう」

隣で加山が慌てる。

「ええ。絵付係はもう、ただ一人です。今後、減ることはあっても増えることはないでしょうから。一人前の絵付師として、あらためて雇わせていただきましょう。ほんでそれに見合うたお給金を、今後はお支払します」

勝ち取った……喜美子は大きく胸を撫で下ろした。そして深々とおじぎをした。加山は、なんやようわからんという顔で、憮然と帳簿をめくり始めた。


火まつりの日がやってきた。

この一年に一度、火と土と陶祖《とうそ》に感謝をする神事は、千二百年ほど前から始まったといわれていた。人々は町をあげて準備を始める。新宮神社で元火となる授火式が行われ、火を松明に移して、それぞれ背丈よりも大きなものは担ぎ、小ぶりのものは手で持ちながら町中や川沿いを歩く。そして愛宕山山頂にある、愛宕神社、陶器神社、秋葉神社まで、二・四キロほどを一時間ほどかけて登っていく。

夏の盛り、緑濃い蛇行する山道の木々の合間に、松明の火が揺れていく様は美しく幽玄である。先頭をゆく白装束の人々や、後をついて登る普段着の人々も、まるで行者のように黙々と頂上を目指して歩く。神社に着くと奉火し、感謝の祈りをしてまたその松明を持って、下山するのである。この祭りを見ようと全国から多くの人がやって来た。

授火式が行われる宮の前で、十代田は慣れない装束を着け、喜美子と共に深野の姿を探していた。群衆には当然、陶業を営む人々も多く、丸熊陶業も社長をはじめ、陶工たちも気合を入れて集合していた。喪に服するよりも、祭りに参加することが、先代の喜ぶことだと結論を出した。

信作が喜美子たちを見つけて、人波をかき分けるように「おーいッ！」とやって来た。広報担当になったと言い、カメラを首からぶら下げている。

「そや、フカ先生、長崎行くんやてな」

「うん。そやさかい、今夜、思い出づくりで一緒に登ることになったん」

その肝心の深野は、始まるぎりぎりにやって来た。大きなおむすびを頬張っている。

「フカ先生ッ」。喜美子と十代田は駆け寄った。

「あんな、やっぱ無理や。上まではよう行けんで」

「大丈夫です、先生ッ、若い二人がついてますぅ！　思い出づくりの始まりやッ！」

三人は、松明を担いで歩き始めた。そのあとを池ノ内と磯貝が続いた。しかし山に入りかけた頃、深野が急に立ち止まった。

「いゃあ、息ぎれするわ。ちょっと休憩、先行って」と、深野は脇道に腰を下ろした。

「すぐ来てくださいよぉ！」

二人は、振り返りながら歩を進めた。深野は後から来た池ノ内らに松明を預けると、びっくりするような速さで身を翻し、タッタと来た道を戻って行く。「……先生らしいなァ」と、磯貝がおかしそうに笑った。

喜美子と十代田は、力強く頂上めがけて歩いた。千二百年も前は、木々が生い茂るけもの道だったに違いない。この道をどれだけの人が歩いて来たのだろうと、喜美子は思った。焼き物に生きた先人たちが、火の神に感謝を捧《ささ》げるためだけに歩いた道。神社に着いたときには二人になっていた。先生、逃げよったかなぁと、笑い合った。同じ頃に着いた幾人もの人たちと、神社に手を合わせた。信楽の火に、土に、窯に、この里に、感謝の意を込めた。

神妙な顔で、熱心に祈る十代田の横顔を、喜美子は初めて見る人のように、じっと見つめた。

翌日、深野は長崎へ、弟子二人もそれぞれに暮らす新しい地へと、出発して行った。

夏が去り、黄金色の稲穂がうねる秋がやって来た。家々の庭で柿が赤く熟し始めた。丸熊陶業も、少しずつ様変わりしていた。火鉢の生産よりも、植木鉢の生産が増えていた。裏山の穴窯だけではなく、作業場には電気窯が置かれるようになった。

喜美子がデザインをした火鉢の、初めての試作品が上がってきた日、敏春社長をはじめ、焼きを手がけてくれた陶工たちが揃い、そこには七カ月のお腹になった照子も駆けつけてくれた。「お腹すくねん」と、干し芋の袋を抱えている。

西牟田が包みをとると、喜美子の火鉢が姿を現した。おおっ、とざわめきが起こった。そこには、山水と湖、二羽の鳥、秋の草花が描かれている。

敏春はぐるりと一周して見渡し、「ええ出来やっ、思うたように仕上がってるな」と、満足げに言った。照子は思わず拍手した。

「こんなきれいに焼いていただきまして、ほんま、ほんまにありがとうございます！」。喜美子は皆に向かって頭を下げた。

「あ、動いたッ！」。突然、照子はお腹をさすった。

「ほんま？　うちの絵付け火鉢に感動したんちゃう？」

「そや、そや、きっと！」

「嬉しいなぁ、どんな人が買うてくれるんやろォ……。いとしいわァ」

喜美子は火鉢に寄ると、手のひらでゆっくり撫でた。

皆が戻っていくと、喜美子はすぐに商品開発室へと向かった。十代田に、完成品を見てもらいたかったのだ。戸を叩こうとしたとき、ちょうど津山と藤永の二人が出てきた。

「おっ、川原さん、絵付け火鉢、出来たんやて？」

「はい、向こうに置いてあります」

「ほな、拝見しに行くか」

「ありがとうございます、あの、十代田さんいはります？　見たいゆうてはったんで」

「いてるけど、集中してるからな、静かに入ったほうがいいで」と、津山が言った。

喜美子は、そっと中をのぞいた。どんどんっと、粘土を叩く音がしていた。十代田が手ろくろの中央に粘土を置いて、叩きながら伸ばしている。喜美子が入って来たことには気づかなかった。商品開発室という所に配属されたものの、そういえば十代田は学生に陶芸を教えていた人だと、最初に紹介を受けたのだった。ふと、あの火まつりの夜、神社で祈っていた、炎に照らされた横顔を思い出した。

足でろくろを廻しながら、十代田は形を作り始めた。真剣なまなざしだった。

その、土を包み込むような手の動きを、喜美子はじっと見入った。

第十章　自分の中の、好きゆう気持ちを大切に

手ろくろの上に置いた土を、十代田は「ひも作り」という手法で、成形していった。器となる土台に、小指ほどの細長い紐状の粘土をぐるりと這わせて、余った土を取りその後、ろくろを廻しつつ、手の技とカンナやコテ、なめし革などを使いながら徐々に形にしていく。こうして出来上がったものを素焼きし、さらに釉薬などをかけたのち、燃えさかる炎の中で一週間ほど窯焚きすることで、焼き物は完成する。

気を入れて手を動かしている十代田が喜美子に気づいたのは、おおまかな形が出来て、ふうっと息を吐いたときだった。

「あッ!!　いつからそこに」

「すみません、声かけたら邪魔か思うて」

「いえ、まったく気ィつかんですんませんでした！　あの。何か？」

「あ、うちの手がけた火鉢の試作品ができたんで、見てもろう思て」

「そうやった。今日でしたね、川原さんの絵付け火鉢！　今、行きます」

「あ、いえ、あとでいいです。それよりお仕事、続けてください」

「いや、これは仕事やのうて」と十代田は、近くにあった電気窯を指さした。

「電気窯です。珍しいでしょう、これが入ったんで、若社長に使わしてもらわれへんか、お願いしたんです。そしたら仕事さえしっかりやってくれたら、朝夕、二時間ほど使てかめへんて、お許しもらいました。これでやっと自分の作品づくりが出来るようになりました」

「自分の作品？　何を作ってはるんです？」

十代田は「大鉢です、うどん皿や」と答えた。誰かから注文が来て作っているわけではないという。「今はまだ、そんなん……僕は陶芸家やないんで」とはにかんだ。

陶芸家、という言葉は、どこかしら懐かしさを喜美子に連れてきた。そういえば信楽に来た頃に迷い込んだ掘削場で、慶乃川さんという陶工に出会った。本当は陶芸家になりたかったと言い残して、故郷に帰って行ったのだった。

「陶芸家を目指してはるんですか！　そや、学校出はったんやね」

「学校出たからゆうて、ハイ、今日から陶芸家です、なんてわけにはいきません。自分の作品を世に認めてもろて、独り立ちして食べていけるようになるんは、四年、五年。いや、もっと、十年、二十年かもわからへん」

「そんなに、ですか」

「厳しい道です。けどいつかは、祖父が深野先生の描いた日本画を大事に、大事に飾ってたように、誰かにとって大事な宝物になるような、そういう焼き物を作るんが、僕の夢なんです」

十代田はゆっくりろくろを廻しながら、コテをあてて形を整えていった。間近に見るその作業に喜美子は心躍った。ごろんとした土の塊が、人の手によって、いろいろな焼き物に生まれ変わる。それは茶碗だったり、皿だったり鉢だったり。人々の暮らしと共にあるものだった。


十代田が陶芸の道に進もうと思ったのは、中学校の美術部の教師の影響であったという。油絵を描いていたが陶芸もやっていた。その先生の作り上げた、ぽってりした褐色の壺に目を奪われて、陶芸の道を歩みたいとひそかに決意した。

そして京都の美術学校の貧乏学生だった頃、瀬戸や備前、九谷、萩、有田、伊万里、鍋島と、布のリュック一つで旅をして回ったことがあった。中でもいちばん心惹《ひ》かれたのが、信楽の土であった。

「前にな、慶乃川さんゆう陶工さんがいて、陶芸家はお金にならんと言うてました。もう故郷に帰ってしもうたけど」。そう喜美子は話した。

十代田は笑った。出来上がった大鉢の縁を糸できれいに切り取ってバケツに入れる。こうやって切り取られた土は再び集められて、新たな器づくりに使われた。

「うち中学出て大阪に働きに出たんです。三年間。戻って来て、ここで絵付け覚えて、必死で」

「ほな陶芸やったことはないん？」

「ないです。そやから面白い。ずっと見ていたい」

「そんなん、あらためて言われたら恥ずかしいな。急に意識してしまうさかい」

「ほな、薄目にするわ。これならええ？」

仏像のような表情の喜美子を見て、十代田は噴き出した。なごやかな時間が流れた。だが互いの心の中に、それぞれの存在がそっと忍び込んできていることには、まだ気づかずにいた。

「さて、僕はもう一頑張りします」と十代田は腰かけ直した。

「あの、よかったら、うち毎朝夕、ここに来て見させてもろていいですか？　勉強したいんです。こんな身近で陶芸が見られるなんて、ものすごうわくわくしますぅ！」

「それはかましまへんけど、男女が二人だけで長い時間、同じ所にいたら、何言われるかわからんけ」

「そんな、うちは気にしません。勉強させてもらうことのほうが大事や」

「……うん」

喜美子はバケツに溜まっている、捨てられた土のはしくれをさかんに見ていた。

「それ、割りカスゆうんです。練り直したらまた十分使えます」

「割りカス！　よかったぁ、いっぱいいるやーん」

「いつも生き返らしたるから、待っときァ言うてやります」と、十代田はバケツからひとくれを掴んで、ささっと小さい人形を作った。十代田と、喜美子は同時に言った。

「妖精や」

「小人や」

二人は顔を見合わせた。「えっ。今なんて？　妖精？」喜美子は笑いをこらえた。「小人でぇえ」。十代田は顔を赤らめ、粘土のついた指で鼻の頭をごしごしこすると、説明し始めた。

「たとえばこの人形を十分に乾燥さして素焼きするんや。電気窯だと七〇〇から九〇〇度で何時間か」

「焼かれるでぇ」と、喜美子は手に握った人形に話しかけた。

「ははは。焼いたあと、川原さんがやってる絵付けや。それと釉薬な？　これも場合によるし、やり方もさまざまなや。ほんで本焼きに入る。今度は素焼きよりもっと高い温度で、長時間、焼く。窯なら一週間。薪の火ィは、絶対に絶やせん！　寝ずに焚く！」

「生き返るんやな！」

「生き返ります、立派に」

「生き返るんやてェ」と人形に向かって嬉しそうに話す喜美子を、十代田は可愛いなァと眺めた。ふいに喜美子は、前から気になっていたことを口にした。

「十代田さん、なんでうちを、喜美子呼ばんのです？　もうぎょうさん会って、お喋りしてんのに。信作とはもう、ハチ、信作ぅ呼び合っておるのに。うちと十代田さんとの間は、なんつうか、男と女ゆうことでしょ！」

「せやかて男と女や、僕にとって川原さんは女や。これからも。友だちの信作とはちゃう。僕は付き合うてもない人のことを、気軽に名前では呼べません」

秋の涼風が窓から吹き込んできて、喜美子の前髪を揺らした。

「友だちとはちゃうから、名前、呼べんの？　ほな、付き合ったらええやん？」

「えっ？」

「喜美子、呼んで。……付き合ってください」

「えっ、あ、ぼ、僕は一人前の陶芸家として踏み出したら、好きな人と結婚しようと思うてます。僕は八人兄弟の末っ子で、上に結婚したんやら、戦死したんやら、いろいろおって、いろんな生き方、見てきました。女だてらにぃ、言われながら商売やってる姉貴もおります。結婚なんてツマらんゆうてます」

喜美子の胸が、ざわついた。

「そやけど僕は、……ただいまゆうて帰ったら、お帰りゆうて迎えてくれる暮らしが、ツマらんとは思わへん、はよ結婚したいなァ思てます。あ、何かおかしな方向に話がいってしもた……すみません。あの、川原さん、工程、見てくれるんはかまいまへん」

「いえっ、……うち、結婚ゆうのはようわからんし。付き合ったその先に結婚ゆうのがあるもんですか？　もれなく結婚が、ついてくるん？」

「ちゃいます、好きな人が出来たら、結婚したいゆう話です」

この胸のどきどきはいったいなんだろう、と喜美子は思った。しかし、結婚はまだ実感を伴うものではなかった。

「うち、結婚は考えられません」

「うん。ほな、〝川原さん〟で。二人だけで終業後もいたら、何言われるかわかりませんよって、そこは二人で言い返しましょう！」。十代田は明るく言った。

「わかりました、ゆうてみれば、師匠と弟子の関係や」

「僕はまだ先生でも何でもないよ。僕が教えられることは全部、教えるけど」

「何か言われたら、二人で闘いましょう。うち、闘うの好きや！」

頷いた十代田はおもむろに、またろくろを廻し始めた。

喜美子はそばでじっと見入った。しかし実のところ、二人はゆらゆらと気持ちが往き来していた。それは二人して、初めて覚える感情だった。

喜美子は昔、大阪の荒木荘で、医学生の圭介に対して胸がチクリとした思い出があった。あまりに淡く、恋とも呼べぬものだったかもしれぬが、あのときの感覚と似ていた。けれども決定的に何かが違う、もっとせつないような、もどかしい感情だった。

家に帰った喜美子は、早速マツに「朝夕の二時間、早く行って、帰ってくる」と話し、理解してほしいと頼んだ。新しく入社してきた人が、開発室で陶芸を始めたこと、見ていると面白く、学んでみたいと思ったこと……。

「陶芸て。また修業すんのん？」

「あかん？」

「あかんことないよォ。えええええ、気長に学ばせてもらい。それタダなんやろ？」

「タダや。ええ人なんや。十代田さんゆう。陶芸ゆうたかて、身につくまで何年かかるかわからんし、モノになるかもわからんけど」

「ええよォ〜」

「フカ先生か！」

「喜美子のお陰さんで貧血の薬、飲まんでええようになったし、百合子もようお手伝いしてくれるようになった。……直子は心配やけど、今、このうちで手ェかかんの、お父ちゃんだけやし」

変わらんのは、お父ちゃんだけ……どこの家も、そうなのだろうか。

しかし、その直子のことで一波乱が起こった。マツと喜美子がのどかに話しているところにきた電報のせいである。電報配りは、自転車を漕いで汗を拭きながらやって来た。

マツはおろおろした。立て続けに直子から電報が三報届いているのだ。

一通目〈モウイヤ〉、二通目〈モウダメ〉、三通目〈モウアカン〉……

「お父ちゃんはいつものことやゆうてたけど、これ、いつもとちゃう。よっぽど東京の仕事が辛いんや。うち、東京行く。行って、顔だけでも見てくる！」

「待ってェや、お母ちゃんが一人で東京行くのんも、けっこうな心配やで……」。そう言いながら、喜美子は東京に住んでいる草間のことが浮かんだ。

「そやっ、草間さんに頼んでみる！　直子のことも覚えてるはずやし」

「えっ。迷惑、かからん？」

「草間さんなら大丈夫や、きっと。信作んちへ行って草間さんに電話かけてくる！」

そう言うと、喜美子は脱兎のごとく家を飛び出した。

大野雑貨店は、閉店前の在庫売り出しで賑わっていた。

一カ月ほど前に、信作から店を閉じると聞いていた。日本の高度成長期は、全国の田舎町の景色も急速に変えつつあった。

信楽にも駅前に大きな店が出来て食料品や雑貨、衣料品まで置くようになった。一カ所で買い物が済んでしまう便利さのほうに次第に惹かれていった。それまでは夕方、主婦たちは夕餉《ゆうげ》の食材を買いに、買い物籠をぶらさげて店に行き、天気のこと、近所のこと、赤ん坊の話やら……を、店のおじさんやおばさん、ご近所さんと話すことが楽しみだった。若いお母さんらは、年寄りから子育ての知恵を学んだ。そんな光景が少しずつ、便利という名のもとになくなっていく。

閉店後、大野雑貨店は改装して、珈琲を出す喫茶店にすることが決まったという。奥から信作の両親が大工の棟梁《とうりょう》と出て来た。人混みの中にいた常治が、大野のことを見つけると、いきなり大声を上げた。

「おおッ、ついに在庫処分始まったんかいな！　なんかええもん残ってへんか？　おおッ、あったわ！　コレなんぼや？　なんぼで処分するぅ？」と、大野に抱きついた。隣で陽子が「持ってってええよォ、そんなんでええなら〜」と言い、笑いが起こった。

そして常治は店の中に喜美子がいるのに気がついた。

「なんや、お前も来たんかい」

「電話借りにきたんやッ。直子から立て続けに電報が届いて大変や！　もうダメやゆうて。草間さんに様子を見に行ってもらおう思て」

「直子のやつ、弱音吐いとるだけやッ！　甘やかすなッ。またお金送ってくれると踏んでんねん。魂胆や。そうゆうことするさかい、つけ上がるんやろッ！」

陽子が止めに入った。「キミちゃん、早う電話し、草間さんに電話してみるんやろ？」

「あん人にそんな迷惑かけられん！　蒲田からこっちに投げ飛ばしてくれえ言えッ！」

父の怒鳴り声を無視し、喜美子は受話器を手にした。……もしもしと、懐かしい声がした。草間は二つ返事で引き受けてくれた。


その一部始終を見ていた信作が、湯呑茶碗に珈琲を淹れて持って来てくれた。

「お母ちゃんが淹れた。まだ上手く淹れられん。泥水みたいやけど、飲むけ？」

「泥水はよけいやろ！」と、陽子が笑った。

「ほんま、豆みたいな顔しとんのに、下手なんや」と、大野も顔をクシャッとさせて笑った。戦争を生きのび、故郷に帰って夫婦二人で始めた雑貨店だった。あきらめねばならなくなったことが、どれほど寂しいことか……二人の陽気さがかえってそれを物語っていた。

「ありがとう」と、喜美子は珈琲をすすった。だがその味は、大阪の喫茶店〈さえずり〉の店主の淹れる味とはほど遠いものだった。

「まあまあや」と、喜美子は信作に笑いかけた。

「おう、そうか。けど、まだまだやろ。豆の挽《ひ》き方、もっと勉強せなあかん。サンドウイッチゆうのもな。都会じゃ人気らしいで。パンにハムとか卵とか挟むんや」

「畑違いのこと、始めるんやな」

「まあ、変わっていかなしゃあない。美味しい珈琲の店、まだここらにはないさけ、ええんちゃう。真面目な話、〈滋賀毎報新聞〉にも載ってたで。『火鉢の生産、日本一やった信楽の町は大きな変換期を迎える』て。丸熊もそやろ？　絵付け火鉢かて、勢いなくなってるやろ」

「……」

「おまえ、わかってんのけ？」

「わかってるわ、そんなん。うちかてわかってる」

「うん。そやけ、〈お見合い大作戦〉も、そういうな、この信楽の町を活気づけるためにやろうゆう話になったんや！」

「お見合い大作戦？　なんやそれッ？」

「知らんかったんか。他の町からも来る。賑やかにやるでェ。そや、ちょうどええ、喜美子も参加しろやッ、あ、あの新人さん、十代田さんにも声かけたで！」

その名を聞いて喜美子の胸はきゅんとまた痛んだ。


二日後、直子が草間に連れられて東京から家に帰ってきた。帰るなり直子は喜美子の作ったお茶漬けをかき込むと、あっという間に泥のように眠った。隣室からごわァーと鼾が聞こえてきた。

「おうおう、花も恥じらうもあったもんやないな！」と常治は不機嫌そうに言って、卓袱台の前に座った。

「ほんま、草間さんにはいつも、これぞゆうときに助けてもろて」。マツが頭を下げた。

「いえいえ、たいしたことはやってません。助けられたのは僕ですから。直ちゃん、蒲田の寮に会いに行ったら、開口一番、信楽に帰りたい、帰りたいって泣き出してしまって。それで、工場の社長さんにもお会いして、お休みをいただいてきました」

「よっぽど辛いことがあったんやなぁ」と、マツはしみじみ言った。常治はぼりぼりと背中を掻いた。夏の時期に出来たあせもは、涼しくなっても治りが悪かった。

「家が恋しかったんでしょうね。ホッとしたのか、汽車の中ではよく笑ってましたよ」

「そや、草間さん、一杯どうです？」と、常治は猪口を傾ける仕草をし、二人は〈あかまつ〉に出かけて行った。そこに大野と信作もやって来た。

「先生、えらいご無沙汰しておりますぅ！」

「信作くんかあ、うわぁ、スラッとかっこよくなって」

「ハイ！」「少しは謙遜《けんそん》せえ」と、大野が息子の頭をこづいた。常治は、「皆、でかくなって、こっちはもうよれよれの年頃や。前は朝六時まで飲んでても、六時五分には仕事行けてん。今はもうあかんなァ」と言いつつ、嬉しそうに焼酎をあおった。そうしているうちに草間が来ていると聞きつけて、柔道の教え子たちが続々と顔を出した。たちまち、時が十数年前に戻っていく。皆が元気で暮らしていることが何よりであった。

「皆、僕の企画した〈お見合い大作戦〉に、参加してくれんですか。信楽を盛り上げたい思うて」と、信作が声を張り上げた。

「ほう、それは楽しそうだ！」。草間が、大根と厚揚げの煮物をつまみながら言った。

「喜美子にも、ぜひ参加しろとゆうてるんです」

「だめだめ、ありゃ、嫁に行かんゆうてる」

常治はイカ刺しの束を口に放り込んで言った。

「いちばん心配しとるんは、おじさんやろ」

そこに縄のれんをくぐって、照子と夫の敏春もやって来た。

「わっ、ほんまに草間さんやァ！　見て見て、このお腹！　見て、この人！」

「初めまして、照子からよう聞いております」と、敏春がにこにこと挨拶した。

「はじめまして。そうか、照ちゃん、もうお母さんになるんか」

「おお、そや。めでたいこっちゃ」。酔った常治は、箸で草間の肩をつまもうとしていた。

「ははは、僕はツマミじゃないんで。川原さん、僕、近々、台湾に行くんです。今度は貿易の仕事で」

「台湾。なんや、急に酔いがさめるわ。また遠い所に……寂しゅうなるなァ」

「日本を発つ前に、一度、信楽に来たかったんです。今回の直子ちゃんのことがいいきっかけになりました」

「そうかぁ。そうなんかぁ。ほな、喜美子の絵付け火鉢、見ていってください」

川原家では、目覚めた直子の告白に、マツも喜美子も驚いていた。直子の悩みは仕事の辛さではなかった。

「牛田さんゆうねん。新人指導係で、近くに来ると煙草臭くてな。すぐわかるねん。うちに電化製品の組み立て工程を根気よう教えてくれて。うまくできたら褒めてくれてな。映画にも誘ってくれた。ほんなんうちだけや。『大阪ここにあり』ゆう映画。主人公が恋に落ちる話や」

題名を聞いて喜美子はどきりとした。そして直子は二人の前で、延々と牛田という男の話をしてみせた。聞いてもらわなければ、身がもたないというほどの切実さだった。

「ほやけど、わかってんねん。……牛田さん、彼女がいんねん。うちのこと妹みたいにしか思うてへん。指導係だからやさしいのんもわかってる。ほやけどうち、服買うたよ。東京の服や。口紅も、化粧水ゆうのんも買って。お金ようけ使てしもた。好きになってしもてん……どうしたらええかわからん」

直子は両足をさすった。マツはやさしい表情で直子を見つめた。

「お母ちゃんに言わしたら、直子は正直もんや。自分のことをようわかってる。自分の中の、好きゆう気持ちに気づいて、好きゆう気持ちを大切にしたんやな？」

直子は涙を拭った。そして顔を上げた。

「話せて、すっきりした！　お母ちゃん、姉ちゃん、ありがとう。もうええ、東京へ帰るわ！」

喜美子は、恋で悩むような年頃になった妹を愛おしく感じ、そして十代田の顔が浮かんだ。熱心に土をいじる十代田の大きな手が思い出された。

翌日、草間は喜美子の火鉢を見に丸熊陶業を訪れた。

「大阪から信楽に帰って、絵付師として一人前になったという手紙を貰ったときは嬉しかったけど、こうやって実物見ると実感わくなァ。キミちゃん、頑張ったんだね」

喜美子は少し照れながら、「草間さんのお陰です、めげない心を教えてもろた」と言った。

「絵描きになるかと思っていたけど、自分の手で、こう何か生み出していく作業が好きなのかな？」

「そうか。そうゆうことかもしれん。今は陶芸にうんと惹かれるんです」

二人は外に出てゆっくり庭を散歩した。裏の穴窯からゆっくり煙が立ち上り、斜面を這う緑の茶畑は、冬が来る前の秋の最後の茶摘みを待っていた。

「台湾に行くんですね。またいつか逢えますか」

「うん。きっと。覚えてるかな？　いつだったか一緒に行った、あのときのこと」

喜美子は頷いた。草間の奥さんに会いに行った、せつなかった大阪の夜を思い出した。

「あんなことに付き合わせてしまって情けない。申し訳なかった」

「いえ！　そんなことないです！」

「だけど後悔はないんだよ。そういう人と出逢ったことは、本当によかったと思ってる」

「そういう人……」

心から好きな人ができると、世界が広がるよと草間は言い残して翌日の朝、直子と共に東京へと帰って行った。


夕方、火鉢の絵付けを終えた喜美子は、再び十代田の陶芸を見に行った。十代田の手の動き、工程の一つ一つを見逃すまいと見つめた。しかし心は迷子のようになっていた。直子が戻ってきた夜、母のマツが直子に言っていた言葉を思い出した。そして反芻した。

……自分の中の、好きゆう気持ちに気づいて、好きゆう気持ちを大切にしたんやな。

ふいに十代田が言った。

「やってみます？　川原さんも、ろくろ使て」

「えっ？　ほやけど、ろくろ使うんでも何年もかかるて」

「何年もそこでじっと見られてたら、かなわんさかい。川原さんも自分でどんどんやってみてください、これ、カスを集めたやつや、気ぃ遣わんでええです。教えますんで、実践です、実践で学んでや。これから湯呑茶碗作る。ここ来て、ここ」

十代田も内心、喜美子に見られていることで落ち着かなかった。喜美子が隣の手ろくろの前に座ると、粘土を二分して練りを教え始めた。「僕と同じにやってみて」

腕を伸ばして力を入れて練っていく。喜美子も同じようにするが、なかなかうまくはいかなかった。

「ええか？　もっとこう、腕の力だけのうて体全体を使うんや。体重を乗せて」

近すぎて、喜美子は動悸が激しくなった。

「十代田さんの指、あの、長くてきれいですね」

「指？　そんなんどうでもええわッ、ほらやるで。ギュッとや！　弱いッ、もっとや」

十代田は、あえて喜美子への思慕を追い払おうとした。そして喜美子も教えようとする十代田の本気を受けとめなければと思った。

見よう見真似でろくろを廻しているうちに、ほんのわずかだが作陶の魅力に触れた瞬間があった。喜美子は夢中で形を作った。いつの間にか十代田を忘れ、ただ集中していた。

歪みかけた形を十代田が手を添えて補った。

「ここであきらめたらあかんッ、何度でも、何度でもやり直すんやッ！」

初めて格闘した作陶。やがて湯呑茶碗らしきものが完成した。外はすでにとっぷり暮れて、窓の外には闇が広がっている。二人は木の壁によりかかった。

「十代田さん、ありがとうございますッ。うちにもできたッ。驚きやッ！」

不思議なほど心が満たされていた。今までの自分がまったく知らない感覚だった。

「うち、大阪から夜逃げのように信楽に来たんです。ほんときな、琵琶湖が見える峠で陶器のかけらのようなん見っけて、あれからずっと宝もんとして持ってるんです。きれいな紅の色で、大阪の新聞社の人に見てもろうたら、室町時代あたりのものやって言われた」

「え、それ、見たいです！　見せてもらえますか」


翌日の就業後、喜美子は十代田を連れて家に帰って来た。

若い青年の突然の訪問にマツは慌てた。

「あ、こんな若い人やったん。あの今、お茶淹れますけ」とマツは座布団をすすめた。

「いえ、突然にすみません。すぐお暇《いとま》しますので」

「八郎さんは、八人兄弟？」。「えっ、なんで？」

「当たったァ、うちも兄弟多て上に五人おって、いっつもほったらかされてました。せやのに結婚のときだけ、親が出てきて猛反対されました。十代田さんのご両親は？」

「亡くなりました、だいぶ前に二人とも。……ご結婚のとき、反対されたんですか？」

「どこの馬の骨ともわからん男はあかん言われて、泣きながら家を飛び出しました」

喜美子も知らない話を十代田にしている自分がマツは不思議だった。そこに喜美子が部屋から戻って来て、かけらを包んでいた布をはずした。

「わ。ほんまにきれいな色やなァ！」

かけらを大事そうに手にとって、感動している十代田の声が、喜美子は嬉しかった。見たことのない色だ、釉薬も何も使っていない、焼いただけのようだ……とあちこちから、そのかけらを愛でるように眺めていた。

「焼いただけで、こんなきれいな色が出るん？」

「その当時の土と、水と、空気と、焼き加減か」

「炎の力？」

「せやな。二度と出えへん、自然の色や」

興奮する十代田に、マツがお茶を運んできた。

「あ、すみません、ほんまにもう帰ります。今日はあれ、見合い大作戦に行かんとです」

「あ、信作に頼まれて？」

「はい。せやけど今は、ええ人と出逢えたらええな思うてます」

その言葉に、喜美子の胸はズキンとした。

十代田が慌てて帰ると、「お見合い作戦だったっけ？　喜美子も参加するゆうてたな。

着ていくもんあんのん？」とマツは聞いた。紅のかけらを仕舞おうとした喜美子は、十代田が忘れていったハンカチに気づいて、そっと拾い、しばらくのあいだ握りしめていた。

「それにしても十代田さんって、感じええ人やったなァ。あんな人やったら、すぐに合う人も見つかるやろなァ。ほんですぐに結婚するんやろうなァ……」

母は、娘がどんな言葉で動くのか、よく知っていた。気づけば、喜美子は草履をつっかけて外に飛び出した。十代田を追いかけるために。

「十代田さんッ、十代田さん、これ！」

十代田は振り向いた。喜美子はぜえぜえと肩で息をしながら、勇気を出し叫んだ。

「一回しか、言わへんわ。あの、お見合い大作戦に行かんといてください！ ……好きやねん、うち、どう考えても、よう考えても、十代田さんのこと好きやった！」

「あ……」

「あんな、草間さんゆう人がいてな、柔道教えてくれた。草間さん、奥さん探しててん。戦争終わってはぐれて。ずっと信じて探してたんやけど、他の人と暮らしててん、わかる？ ほんでうち、そんとき思うてん。結婚しててもこういうこと、あるんやなて。手繋ぐことより、難しいことがあるんやなて。手繋ぐより、繋いだ手を離さんことのほうが難しいんとちゃう？」

「……」

「そんとき、そんなこと思うてん、ほやから、うち結婚とか、ようわからんくなって」

「離せへん」

「えっ？」

「僕はずっと離せへん、喜美子さんの手、離しません！」

「あっ」

「だ、だ、だき、抱き寄せてもええですか？」

「あかん！」。「何で」。「な、泣くわッ！」

十代田は喜美子の手をぐいっと引いて抱き寄せた。空一面に、美しい夕焼けが広がり始めていた。そこに常治と百合子が通りかかった。二人は大野雑貨店の最終処分品をどっさり抱えている。抱き寄せられた十代田の肩越しに、常治がぽかんと口を開くのが見えた。

第十一章　うちがこの人、支えます

鬼のような形相をした常治が、喜美子の腕を掴んで引きずるようにして歩いている。

「痛ッ！　離して、離してェ。もうわかった、わかったから」

「どこの馬の骨ともわからん奴と、こいつは！　世が世なら切腹もんやでェ」

「どないしたんッ！　何があったんッ！」

マツが茶碗を洗っている手を止めて、慌てて台所から出てきた。

「ぶっ飛ばして来たったわ！」

「お父ちゃんが十代田さんを……」。喜美子が泣いている。

「話聞いてください、お父ちゃん。あの人、十代田八郎さん、いいます」

「どこぞのハレンチさんやろ、ほんでおまえはアバズレさんやーッ」

喜美子は鼻の奥がつんとして、涙を堪えた。自分が好きになった人をハレンチの一言で片づけられてしまう。悔しく悲しかった。今すぐに、父に認めてほしい。

結婚を考えています……神妙な顔で、しかしハッキリと喜美子は父親に言った。驚きながらも、マツの顔が輝いた。

「お父ちゃん、はしたないことして、すみません。十代田さんは丸熊陶業の社員さんで、うち、陶芸を教えてもろてるんです。十代田さんは陶芸家になりたいゆう夢を持ってはります。うちは、うちはあの人と一緒になりたい」

常治は喜美子にくるっと背中を向けて、座りこんだ。

「結婚なんてせんでええ。陶芸なんちゅうもんもせんでええ。そもそもお前、一生、結婚せんゆうてたはずやな？」

「お父ちゃん……」

「そうや、お父ちゃん、お父ちゃん、ゆうてな？　いつまでも可愛らしい娘のまんま、ここにおったらええわ」

常治の頭の中には、幼い頃の喜美子がいた。

初めて生まれた子ども。日焼けしたおかっぱ頭。かけっこが速くて、よく笑う子だった。お父たん、お父たんと言うてた。

「何ゆうてんの、早く結婚せえ、孫の顔みたいゆうてたの誰や！」とマツは口を尖らせた。

「わからんッ、自分でもわからん。けど、今、はっきりわかっとるんは、イヤゆうこっちゃ。何が一緒になりたいや、許さへんで」

百合子が遅れて早足で帰ってきた。父親の分の在庫処分品もどっさり抱えている。今、どんな状況かは一目瞭然だった。気持ちのやり場がなくなった常治はいきなり腕立て伏せを始めて、わざと大声を出した。イチィッ、ニィッ！　その隙に百合子が何事かを喜美子に耳打ちすると、喜美子は急いで八郎のアパートへと走った。

部屋には信作もいた。八郎は足を挫いており、信作は代わりに布団を敷いてやっていた。安普請《やすぶしん》の部屋の窓ガラスを秋風がカタカタ鳴らした。窓の外には、群生した秋桜《コスモス》が揺れている。


「喜美子な、あいつ、大阪から越してきたその日に次郎ゆういじめっ子に平気で向かっていきよった、いかつい奴やでェ。九歳の喜美子やで」

「信作、いじめられてたん？」

「それやッ、俺が子どもの頃はそんなんや。アリの列をじーっと見ているような子どもだったんや。そこを喜美子は気にしぃひん。垣根を越えて、ぺらぺら話しかけてきよった。そういう奴や。不思議なもんで俺もなついてしもた。そっから腐れ縁や」

「僕もそこにおったら、信作に話しかけたで。一緒にアリの列を見てたかもしれん」

「そやな。お前は一緒にアリ見てくれるほうやな。じぃーっと右から左へ、ずっとや」

「そんな子どもが、なんで上向きのええ男になったん？　信作が子どもの頃の話すんの初めてやさかい」。八郎がくすりと笑う。

「まあ、話すほどのことやないけどな、お婆ちゃん子やってん。その婆ちゃんが亡くなってんの見つけたん、俺や。あんな元気やったのに……もう一言も喋らん。そんで死生観ちゅうか、何か変わった。アリ見てんのもええけど、空も見上げよう、せっかく生きてるんやったらなって。まっ、俺の話はええわ。今、喜美子来るで。百合子にゆうといた」

「えっ、いつの間に。あかんあかん、男の一人暮らしの部屋に」

「何ゆうてんねん、いつの間に、言いたいのはこっちやァ！」

　気づくと、戸口に心配顔の喜美子が立っていた。

「お、来た、来た、喜美子！　入れ、入れっ！。ほな、俺は行くで。これから、お見合い大作戦を仕切らんとな。二人にはもう関係あらへんけどなァ」と信作は靴を履いた。

　履きながらくるっと振り向くと、妙にやさしげな顔をした。

「常治おじさんもな、さっきはいきなりでカッとなっただけや。これで結婚ゆうことになったら、ほんまは大喜びやで！」

　信作の励ましに、二人の顔がさっと明るくなった。

「お父さんに頭下げなあかん思うて、追いかけようとしたら挫いてもうた」と、八郎は右足首をさすった。喜美子は噴き出した。この人らしいと思った。

「運動、苦手？」

「得意か言われたら……」

「苦手やな。つまり、どんくさいんやね」

「どんくさって……すみません。あの、僕、あらためて頭下げに行きます。心配せんでええよ。僕からお父さんにはきちんと……」

するとは喜美子は首を振った。そして、「もうええやん、結婚は」と呟いた。

「えっ、あっ、あの、僕がどんくさいからですか?」

「何ゆうてるんです」

喜美子は狭い部屋をぐるりと見渡した。陶芸の本や、聞いたこともない外国の難しそうな本が、今にも崩れそうに積まれている。八郎はここで何を考えて暮らしているのだろうと喜美子は思い、皺《しわ》のついたシャツやズボンが吊り下がる様子を、愛おしいような気持ちで眺めた。

「ごはん、作るん?」

「そりゃそうや。廊下出たところに炊事場があってな、野菜煮たり、あ、卵焼きも得意や。今度、食べさしたるわ」

小さい棚に、ごはん茶碗と汁椀が伏せて置いてある。箸が一膳、揃えてあった。

「ほんまァ、嬉しいわ。あんな、十代田さん、お父ちゃんにはうちが頭下げて許してもらう。しばらく待っとき」

「何ゆうてんな」

「お父ちゃん、一筋縄ではいかへんねん。今まで家のこと、妹のことも、働くのも、うちが全部やってきてん。うち長女やさかい、何かあったら、いっつもお父ちゃんと向き合ってきた。卓袱台ひっくり返すんも、うちが止めてきた」

「……アホやん」

「アホ？　アホて」

「僕がおるで。これからは僕がおるで。一緒に頭下げよ。卓袱台ひっくり返されたら一緒に片そ。ひっくり返されんように押さえるんやったら、一緒に押さえよ。これからは一人やのうて一緒にやっていこ、な？」

「……また殴られる」

「好きな人のためやったら、かまへん、なんでも出来る」

好きな人……。いつか、草間が言っていた。

好きゆうのは、いい言葉やと喜美子はしみじみ思っていた。目の前にいる八郎のことをどんどん好きになっていくように思った。毎日、好きなる。この人を好きゆうだけで、ごはん三杯は食べられる……。

「一緒になろな。結婚しよな」

喜美子は、生まれて初めて、父親以外の男の両腕にしっかりと包まれていた。そのとき、壁に貼ってある二枚の絵に気づいた。一枚は喜美子が十代田に描いて贈ったもの。そしてもう一枚の筆致は、まぎれもなく……。

「ああ、そうや、フカ先生にもろた絵や。これぞ先生の筆や、先生の色や」

八郎は挫いた足を引きずりながら、文机《ふづくえ》の引き出しを開けて一冊のノートを取り出した。『釉薬と粘土の研究』と書いてある。「見ます？」と開いたノートには、小さい文字がびっしりと並んでいた。電気窯で酸化焼成したものと、還元焼成したものの二種類を、さまざまな釉薬を使って一二五〇度で焼いた違いを研究した結果が記してある。そして釉薬の発色のメカニズムなどが、鉛筆で詳細に説明されていた。喜美子は感心して、のめりこむようにページをめくった。それは八郎がコツコツと陶芸に向き合い、研究に没頭してきた記録でもあった。

「なかなか目指してる色には、辿り着けん」

「目指している色て？」

「誰にも出せん、自分だけにしか出せん色」

「釉薬のこと、うちにはまだ難しい。学び始めたばっかりやで。メカニズム言われても」

すると八郎は、「まず土や」と、焼き物について初歩的に書かれた教科書を選んで渡した。全国の窯元も写真入りで出ている。無論、そこには信楽もあった。

「登り窯？　丸熊の穴窯とはちゃうな。すごい、山にこんな連なってるんや！」

と、喜美子はまじまじと自分が暮らしている土地の窯の写真を見つめた。

「土地、土地の土で、まったく違う焼き物が出来るんや、すごいで」

「うちもいつか、こんなきれいなずっしりした壺、作ってみたいなァ」

「そやな、明日からまた練習や」

　恋のことでは奥手の八郎が、こと焼き物に関しては別人のようになった。運動が苦手でどんくさくてもいい、生き方が器用でなくていい、好きなことに真っ直ぐなこの人を尊敬する、心から好きだと喜美子は思えた。


　その八郎の才能を、若社長の熊谷敏春は認め始めていた。

　この翌日、絵付けの仕事を終えた喜美子のもとへ、敏春は妻の照子と一緒にやって来た。

　照子はもう臨月を迎えていた。「今朝早く、商品開発室にいてたんは川原さん？」と敏春に聞かれ、喜美子は咄嗟に頭を下げた。

「あの、陶芸を教わってます。十代田さんから……」

　照子は「陶芸を教わってるだけェ？」と、意味深な笑みを浮かべた。

「えっ？」

「知ってるでェ、聞いたでェ〜！」。急に弾けたような声を上げた。

「あっ、信作のやつ……」

　すると敏春が、「十代田からも今朝、きちんと話がありましたよ」とにこやかに微笑んだ。

「喜美子、ええ男掴まえたのう。うちらとしてはそれやったらもう、はよ世帯持ってくれたほうが問題ならんですむねん」

「けど、まだ許しもらえてないんです、お父さんに……」

「え、なんで？　将来有望やで？　十代田さんはゆくゆくは一陶芸家として名を馳《は》せてもおかしくない人や、敏春さんが見つけてきた人やもん、なあ？」

「十代田は釉薬をうまいこと使て、微妙な色合いを出すのに長《た》けてる、僕は彼のセンスと将来性を高く買うてます。前回の〈陶芸展〉も惜しかった。次は賞を取れるかもしれん」

〈陶芸展〉とは、日本美術育成会が主催する、次世代に向けたコンクールであった。全国から多くの出品があり、受賞によって認められた陶芸家の卵たちは、ここから大きく羽ばたいていくことになる。

「自分の作品を作りたいゆうんは、それに応募するためやろ思う、そやから、窯も自由に使てええゆうてるんです」

「ミッコーに続いて、マスコットボーイ、ハッチーの誕生や！」と、照子は我が事のように嬉しそうに笑って、丸く張り出したお腹を撫でた。


どういう風の吹き回しか、八郎が常治に殴られてから一週間が経った日、常治は十代田の来訪を許した。大喜びした十代田は、日曜日の午後に一張羅の背広を着て川原家にやって来た。

　ところが常治は、挨拶を許した割には憮然とした表情で待っていた。

「十代田八郎と申します」と深く頭を下げると、喜美子もならって頭を下げた。

　常治は、そういうことをする娘もどうやら嫌らしい。怪我が治っていないのに正座をしようとして捩った足を痛がり、その様子を愛おしそうに見る我が娘に、ますます腹を立て口をへの字に曲げた。困ったものね、という顔をしてマツはお茶を運んだ。すると常治は座布団から下りて、間髪を入れずに頭を下げた。

「本日は、お忙しいところご足労おかけいたしまして。先日の件、心より陳謝致しますと共に、何卒《なにとぞ》ご容赦《ようしゃ》のほど伏してお願い申し上げます。殴ってすまんな？　以上」

「何ゆうてんのん？　ほら、肝心なこと」と、マツは慌てた。

「あぁ、ハッキリ言うとく。娘はやらんで。以上！　おい百合子、風呂沸いてるかァ。今日はみかんでも浮かべるかなぁ～」

　立ち上がって出て行く常治の背に、四人は顔を見合わせた。

　それからというもの、八郎は毎日川原家を訪ねた。しかし、常治は会おうとはしなかった。居留守を使ったり、〈あかまつ〉に逃げたりした。

「あんな何回もすっぽかされて、ほんでも怒らんと。えらいデキた人や、うちは気に入ったで！　直姉ちゃんかて、絶対気に入るわ。もう多数決で決めよッ！　お姉ちゃん、こんなことやってて、十代田さんが、結婚せえへん言い出したらどうすんのん！」と百合子は急《せ》き立てた。

「百合子の言う通りや、お父ちゃんもあれだけゴネたら、少しは気ぃすんだやろ。これから〈あかまつ〉行って話してくるわ！　お母ちゃんに任せなさい」

草履を履きかけたマツを、喜美子は止めた。

「待って！　お母ちゃん、これはうちが自分で決めたことや。自分で決めた結婚や。十代田さんも、百回でも二百回でも、許してもらえるまで何回でも来るゆうてくれてる。百合子、姉ちゃんが選んだ人や、心配いらん」

「そやかて……」

「大丈夫、うちは信じとる」

娘がそこまで言うのなら見守ろうと、マツはやさしく頷いた。

しばらくして喜美子は、事務方の加山から電報を受け取った。

加山は「川原さんとこ、電話引くんやなかったん？」と嫌味を添えるのも忘れなかった。

すんませんと受け取った電報は、直子からだった。百合子が、姉の結婚問題を手紙に書いて送っていたのだろう、父親に見られるのを避けたかったのか、そこには、〈ガンバリイ！〉と、強い一言があった。東京で直子も、確実に頼もしくなっている。

周囲の応援を受けて、二人の絆《きずな》は、日に日に強くなっていった。八郎は周りの目を考えて、喜美子から陶芸の授業料を受け取ることを思いつき、夫婦貯金と名付けた。

「これからコテやらなめし革やら、必要なもん、どんどん出てくるから貯金のつもりでな。この器に一円、二円と入れてこ」。夫婦貯金という言葉に喜美子はときめき、「いっぱい貯めるで、夫婦貯金。電気釜買えるくらい！　とやーッ」と、空手のポーズをとった。

秋の日暮れは早い。商品開発室の外も、あっと言う間に夕闇がおりてきた。

「お父さんのお許しがもらえたら、大阪の映画館や、美術館や博物館へ行こうな」

「うち、そういうとこ、行ったことない……」

「行ったらええ！　今大阪のデパートで有名な彫刻展やってるでぇ。陶芸の勉強になるでェ、感性、高めえやッ！」

いきなり声をかけて来たのは照子だった。臨月はよけいに動いたほうがいいと母親に言われて散歩をした帰りだという。

「まだ明かり点いて、喜美子が見えたさかい、寄らしてもろた」。そして大きなお腹をさすりながら照子は真顔になって八郎に言った。

「喜美子は、子どもんときから川原家を背負ってる。この先も大変や」

「照子かてそれは同じやん」

「はあ？　貧乏の家と金持ちの家と一緒にせんといて。十代田さん、少し、軽うしてあげてな？　ほんで自由にしてやってな？　こいつ、変わってんねん、女だてらに働くのが好きやねん」

するとハ郎は明るく答えた。

「わかってます。僕ら働いてるから、知り合えたんです。働いてるから話も弾んで、仲ようなれた。僕は働いてる喜美子が、そういう喜美子が好きです。せやから結婚してからも、やりたいことをやったらええと思うてます」

今、確かに自分の名を呼んだ、と喜美子は思った。キミコ、そう言ってくれた。

「なんや、のろけやーん、心配せんとよかったァ。もうええわッ……あ……痛ッ！　イタタタッ！」

笑顔だった照子の顔が急に歪み出す。

「大丈夫ッ、陣痛やないの？」

「イタッ！　さっきズキンときたんや。痛ッ！　ほんま痛いッ！」と腰をかがめた。

「社長、まだいるのかな。いなかったらお宅に電話します！」。十代田が駆け出した。

その頃、川原の家では、なかなか帰宅しない喜美子を常治が心配していた。柱時計の針はもう八時近い。

「おい、遅いな。今日はあのハレンチさんも挨拶来てへんやろ。あんな立て続けに来てたのにな。なんかあったんちゃうか」

「ハレンチさんて……。十代田八郎さんゆう名前があります」

そう言いつつ、マツも時計を見た。そして喜美子の夕飯の上に蠅帳《はいちょう》を被せた。

「のんきやな。今まで喜美子が連絡もせえへんと、こんな時間になったことあったか？　待て待て待て！　どこ行くんや、ここにおれ、話聞けッ」

「急須を持ってくるだけや」

「今、この川原家は非常事態が勃発してるんやで！」。「非常事態て……」

常治は立ったり、座ったりした。

「どっか、どっか行ってもうたゆうことないか」

「どっかって？」

「せやから信楽からどっか遠いとこ……ほら、お前と俺んときみたいに、駆け落ちしたんちゃうかゆうてんねん！　あいつも俺の娘や、熱い、なんちゅうか、熱情が燃えたぎるタチかもしれへん。……俺かて、何も一生許さん、ゆうてるわけやないんや」

気づけば、百合子が立っていた。

「えっ。駆け落ちしたん？　お父ちゃんとお母ちゃん、駆け落ちしたん？　熱情が燃えたぎるん⁉　気色悪ぅぅぅぅ」

思春期の百合子にとって、男女の恋模様などわからないのは無理からぬところだった。

そのときだった。ただいま！　と喜美子が帰って来た。八郎も一緒だった。転げるように玄関に出て行った常治に、喜美子は、遅くなったことを詫び、照子が急に産気づき、無事に赤ちゃんが生まれたことを報告した。可愛い女の子だったと。

マツはほっと胸を撫で下ろした。

「よかったなァ、喜美子も幼馴染の役に立ったなァ。一生の思い出や」

「はい。あ、心配かけたな。ほな、今日は十代田さん、ありがとう。気ぃつけて帰ってや……」。常治の機嫌がいいうちに喜美子は八郎を帰そうとしたが、常治が腕を振り回すようにしてああああーッと変な声を出した。「上がれや」

皆がいっせいに常治の顔を見た。マツが今だ、といわんばかりに座布団を用意した。

「ささ、十代田さん、上がってください。喜美子もはよっ」

八郎は恐縮しながら、履物を脱いで揃えた。

「あの、あらためてご挨拶してもよろしいですか」

「おお、ええ。俺はジョージや」

「お父ちゃん！　真面目にやって！」

「真面目にやったら腹立ってくるでェ！　最初はくだけた感じで、徐々に責めたる」

「妹の百合子です」と、百合子が助け舟を出した。

「あと東京に八人ほどおる」

「何ゆうてんの、一人や、直子ゆう妹がいるんよ」と喜美子は父を睨んだ。

「八郎ゆう安易な、なんの創意工夫もないお名前をお付けになられたご両親は健在で？」

「亡くなりました。父はずいぶん小さいときに。母も亡くなってずいぶん経ちます」

「よかった、今の話、聞かれんで」

「お父ちゃん！」

「ご兄弟は皆、今も大阪に？」

「一番上の兄は結婚して岡山に、三番目と四番目の兄が仕事でそれぞれ名古屋と敦賀《つるが》に。大阪におるんは五番目の姉だけです。二番目と六番目は戦争で。七番目は生まれてひと月足らずで死んだて聞いてます。僕は五番目の姉が親代わりと言いますか、学費の面倒を見てくれました」

「学校出てはるんや。京都の美術大学やんな？」と喜美子が説明した。

「大学ぅ！　ほなお給金、ええやろ。やっぱなあ、骨のある男や思うててん」

「お父ちゃん！」

常治はしばらく黙った。そして真顔になった。濃い顔立ちだけによけいに強面になる。

「十代田さん、腹割って話すとな、俺はマツに苦労ばっかりかけてきた。マツの親に、どこの馬の骨ともわからんヤツに娘はやれんゆわれて、駆け落ち同然に飛び出してな。泊まるとこのうて、橋の下で雨凌いだこともあったなァ。でも好きやったから、幸せに出来る思うてな」

　思いがけぬ昔話に、しんとなった。秋雨が降り出した音がした。

「夢、いっぱい見たわ。おっきな家建てる、白いブランコのある家がええ、マツはゆうてたな。ハイキングもしたいゆうてたな。けど、そんなもん……ようしてやれんかった。商売に失敗して、失敗ばかりの人生や。ほんでまあ、信楽にも逃げるようにして来て、見ての通りのおんぼろで、もう雨漏りしそうな……わかってくれるかな？」

　八郎は、常治の真意が掴めぬまま黙って聞いていた。

「喜美子から聞きました。いつか陶芸家になりたいと夢を持ってると。そんなん、必要ですか。それだけが気になる。約束してください、喜美子と一緒になりたいゆうなら、そんなふわふわした夢は言わへんと、一生、言わへんと約束してほしい」

「……それは、夢を持つなゆうことですか」と、八郎はようやく口を開いた。

「頼んます、頼んます、今、どうか約束してください」。常治の言葉に俯いて、しばらくじっと考え込んでいた八郎は、やがて答えた。

「わかりました。丸熊陶業を辞めるようなことはしません」

「そうかあ。わかってくれたかァ。そや、男は家族を養うていかなならん。汗かいて働いてな、ほんで一息ついて、酒飲んだり、片手間で好きなことやったりしたらええ」

「……はい」

父が結婚を許した。しかし、喜美子は笑っていなかった。笑うどころか、ふつふつと怒りが込み上げてきた。

「お父ちゃん、ものづくりはそんな甘いもんちゃうわッ、片手間に出来るんやったら、皆、陶芸家になってるわッ。お父ちゃんが仕事終わりに酒飲むのとちゃうねん！」

「何をーッ」。常治は卓袱台に手をかけたが、八郎と喜美子が倍の力でぐいと押さえた。

「この人、やさしいで、やさしくて誠実や！　お父ちゃんがそんなことゆうたら、わかりましたゆうに決まってるやん。……わかりました。うちが、うちがこの人、支えます。一緒に歩いていきます」

「ああ、わからんッ！　仕事帰りに酒飲むしか能がない俺にはわからん！　とっとと丸熊陶業やめて、どーぞ陶芸家目指してください。どーぞ、夢見てください！」

「ほな、そうします」

「お前が答えてどないすんねん！」

喜美子は一歩も譲らなかった。

「うちが支えます！　この人が陶芸家として食べていけるようになるまで」

「支えるだ？　意味わかってんのか？　さっきから自分中心で喋りっぱなしやで。そんなんで夫の一歩、二歩、下がって支えていけるんか？」

「あの！」と、八郎が珍しく大きな声を出した。

「一歩も二歩も下がらんでいいです。並んで生きていけたら」

「並んで？　何ゆうてるの、こいつ、どんどんしゃしゃり出てるやん」

「しゃしゃり出るときがあってもええし、のうてもいいし」

「フフフフンッ！」

常治は面白くなさそうに、尻をパンパンとはたきながら立ち上がった。「〈あかまつ〉行ってくるわ」。そのときだった。これまでずっと黙っていたマツが口を開いた。

「ワクワクしたで。駆け落ち同然で飛び出したときな、うち、ワクワクしたで！」

「お前……」

「ワクワクしたんや。橋の下で雨凌いだんも、何もかもワクワクした。この先どんなことが待ってるんやろうて。夢いっぱい見た。叶わへん夢でも、うちはいっぺんも、あんたとの人生、失敗や思うたことないで」

部屋は再び静まり返って、コチコチと時計の針の音だけが響いた。沈黙の中、百合子が不意に叫ぶように言った。

「ごめんなさいッ！　気色悪いゆうてごめんなさいッ！」

「……もうええわ。もうええ」

それから八郎は、きわめてゆっくりした、静かな口調で、自分の学校の八年先輩である山田龍之介という男の話を始めた。加賀の出身で、全国の陶芸作家の発掘と育成を目的とする〈陶芸展〉というコンクールに入選して、陶芸家としての道が開かれ活躍していることと、小さな湯呑でも一つ五万円で売れるということ……。

「湯呑一個が五万円！」と常治は身を乗り出した。

「なんで五万で売れるかわかります？」

「金があるところにはあるんやな」

「いえ、それだけ心が動いたからです。お金に換算して説明しましたけど、魂が込められたものは本物です。人の心を動かすんです。僕はそういう作品を創りたい。誰かの心を支えたり、癒したり励ましたりできる、そういう作品を。秋口に風邪ひいて寝込んで、ごはん食べれんようなとき一枚の絵で、元気をもらったことあります。……すみません、さっきの約束、見合わせてください。僕は、その陶芸展に出品して賞をとります。陶芸家になります」

「……」

「夢を、見させてください。どうか喜美子さんと結婚させてください」

常治は思わず声を張り上げた。

「とれるもんならとってみぃッ！　受賞祝いと結婚祝い、一緒にやったるわァ！」

翌日から八郎は、〈陶芸展〉に出品する大鉢づくりに本腰を入れた。

素焼きしたのち、配合した釉薬をかけ、高い温度で本焼きに入る。しかし電気窯であろうと、薪で火入れする窯であろうと、思い通りの色、作品に仕上がるかどうかは作者にも読めない。そこがナマ物ともいわれる所以《ゆえん》だった。喜美子は粘土をこねる作業を体で覚えながら、八郎の工程を見守った。

その年の瀬。信楽のあちこちの陶業は、正月休み前の窯閉じに追われていた。一年の感謝を込めるのである。

焼き上がった八郎の作品は、まず社長の敏春に見せることになっていた。開発室にやって来た若社長は大鉢をじっくり眺めた。そして緊張ぎみの十代田に言った。

「陶芸展の締切は、年明け、一月末やったたか?」

「はい」

「日曜も、ここ使てええさかいな? 正月休みもな、頑張りぃ」

「えっ、あの、これ、あきまへんか? 賞、とれんゆうことですか」

帰りがけた若社長はおもむろに言った。

「何、焦ってるんや。自分ではどう思う? 思うたような色、出てるんか」

八郎は目を閉じた。

「きれいに焼けてはいるけど、それだけやろ、なんの価値も見出せんやろ。自分がいちばんようわかってるんとちゃうんか？」

図星だった。心が入っていない。賞をとることばかりが頭を占領していた。

それからの数日、八郎は混乱し悩み続けた。喜美子が作ってくれたおむすびも、毎日、ほとんど手つかずだった。頬が少しずつこけていった。

喜美子はそんな八郎を見ていられず、気分転換にと、信作の店に珈琲を飲みに行こうと誘った。


大野雑貨店は、すっかり都会風の落ち着いた喫茶店に生まれ変わっていた。信作と母の陽子が、笑顔でよう来てくれはったと、出迎えてくれた。

「ほな、さっそく淹れさせてもらうわ」

大野がカウンターに入って豆を挽いた。信作も見守っている。湯を点《た》て、ネルで漉《こ》すと珈琲豆のよい香りが店中に漂った。

「練習させてな。〝お待たせしましたァ〟」と、陽子が運んで来る。

「なんや、二十歳みたいな声出して。ちゃうちゃう、自然でええ」と大野が注意した。

「ええ香りですぅ」。久しぶりに笑う八郎に、喜美子は少し安堵した。

「せやろ、三人とも、上手いこと淹れるようになったで」と、信作も嬉しそうだった。

「……せやけど、なんで湯呑茶椀なん？　これで珈琲出すん？」

「おっと待て待て。喜美子、気ィつかんのか？」。信作がカウンターから身を乗り出した。

「えっ、何？」

「気づけや。これに気づかんかったら、お前のこれからの……」

「え、あっ、わかった！　これ、八郎さんの作った茶碗ッ」

「おおーッ、よかったァ」。八郎は楽しげに二人を見ている。

「そういえばこの前、常治さん来やったんよ。この湯呑の話したらな、悪徳商人みたいな顔して、〝いずれ一個、五万円で売れるかもしれんでェ、大事にとっときィ〟て」

「もう！　お父ちゃん、そんなことゆうてるん」

するど陽子が、「そやからゆうわけやないけど……」と思いがけないことを口にした。なんと、この店で使う珈琲茶碗のセットを一五個ほど作ってほしいというのである。

「地元で焼いた珈琲茶碗は観光に来た人たちに喜ばれるやろ。それに十代田さんの作る、このあったかい手触り、この色、模様、うちら家族揃って好きやねん！」

「仕事の合間に、ちゃちゃっとでええから」と言う大野に、喜美子は少しむっとして答えた。「そんな、ちゃっちゃっと出来るようなもんやないんで」

しかし、八郎は目を輝かせた。任せてくださいと言って、開店日を尋ねる。

「ありがたいわァ。開店は年明け、一月一五日前後を考えとるの」

喜美子は間に入った。「ちょっと待って。今から無理やん」

「大変かのう、無理やったら、開店ずらしてもええねんで?」

「そこまで言うてもろて、すみません。大丈夫です」。八郎は迷いなく答えた。

「よかったぁ、ほなお願いします」と、三人は揃って頭を下げた。

　仕事場に戻る帰路。二人は一言も話さなかった。寒風が耳元を通り過ぎていく。喜美子が昔、唯一大阪で奮発して買ったコートも、だいぶくたびれていた。

　社内に戻ると八郎は、さっそくこれまでに作ったデザイン帳を広げて、珈琲茶碗に合うものを探し始めた。喜美子は不安気に見つめた。

「そんなん作ってたら、作品づくりはどうするのん?　陶芸展の締切も年明けやん、仕事かてあるし。やっぱ、断ったほうがええちゃう。うち、断って来る」

「……」

「ねえ、逃げてんのんちゃう?　作品づくり、思うたようにならへんから……煮詰まってるから、珈琲茶碗に逃げてるんちゃうの?」

「ここ、座って」。八郎は、喜美子に語りかけた。

「あんな、喜美子。絵付けの仕事やってるとき、思うたようにならんことある?　あかん言われたことある？」

「ある。あかん言われたら悔しゅうて、もっと頑張ろうと思う」

「うん。わかる。けど、僕は自分の作品があかん言われたら、自分も否定されたような気持ちになってしまう」

「……」

「さっきな。湯呑茶碗、好きやと言われて救われた。珈琲茶碗、ほしい言われたんも」

喜美子はかつて深野先生が話してくれた半生を思い出した。

苦しみの果てに、描ける喜びを知ったことや、それを観る人たちが癒されること。

ものづくりをする芸術家たちには、おしなべて苦境のときがあり、その経験が、のちの作品に、繊細さや、燃えたぎるような命を与えて、人々の心を揺さぶっていく。八郎もまた、そういうときを迎えていたのだった。

「作品づくりに返せる、力をもろた。大丈夫。やるで。作品づくりも、珈琲茶碗も」

わかった、と喜美子は目で応えた。

八郎は、再びデザイン帳に目を落とした。

喜美子はろくろのそばのバケツに放り込まれた、粘土の切れ端を一握り取り出して、板の上で力を入れてこね始めた。土が呼吸していると、初めて感じた。

――上巻　了

本書は、ＮＨＫ連続テレビ小説「スカーレット」第一週～第十一週の放送台本をもとに小説化したものです。番組と内容・章題が異なることがあります。ご了承ください。

カバーデザイン／片岡忠彦（ニジソラ）
帯写真提供／NHK
本文デザイン／谷敦（アーティザンカンパニー）
校正／櫻井健司（コトノハ）

Special Thanks／重松清

編集／小宮亜里　黒澤麻子
営業／石川達也

水橋文美江（みずはしふみえ）

石川県出身。中学生のころから脚本を書き始め、フジテレビヤングシナリオ大賞への応募をきっかけに、1990 年、脚本家としてデビュー。NHK 名古屋「創作ラジオドラマ脚本募集」佳作、橋田賞新人脚本賞を受賞する。映画、ドラマの脚本を数多く手がけ、代表作に『夏子の酒』『妹よ』『みにくいアヒルの子』『ビギナー』（フジテレビ）、『光とともに』『ホタルノヒカリ』『母になる』（日本テレビ）、『つるかめ助産院』『みかづき』（NHK）などがある。

水田静子（みずたしずこ）

静岡県生まれ。出版社勤務を経てフリーランス・ライターとなる。第一回ポプラ社小説新人賞特別賞を受賞し『喪失』で作家デビュー。女性誌にて多数のインタビュー記事を執筆。単行本も手がける。

連続テレビ小説

スカーレット

2019 年 9 月 30 日　初版第一刷発行

著者　作／水橋文美江　ノベライズ／水田静子

協力　NHK ／ NHK エンタープライズ

発行者　田中幹男

発行所　株式会社ブックマン社

〒 101-0065　千代田区西神田 3-3-5

TEL 03-3237-7777　FAX 03-5226-9599

http://bookman.co.jp

ISBN978-4-89308-920-5

印刷・製本：凸版印刷株式会社